Mario Temmler

Mein Amt – ein Irrenhaus

Mario Temmler

Mein Amt – ein Irrenhaus

Ein riskanter Blick hinter die Kulissen

©2022 Mario Temmler

Grafik, Karikaturen: Mario Temmler
Satz, Layout: Mario Temmler
Cover: Mario Temmler

ISBN Softcover: 978-3-347-73631-3
Druck und Distribution im Auftrag des Autors:
tredition GmbH, Halenreie 40-44, 22359 Hamburg, Germany

Wichtiger Hinweis:

Diese Geschichte könnte so manches auslösen:
Begeisterung oder Ernüchterung,
Belustigung oder Empörung,
eventuell auch irgendetwas dazwischen ...
Man könnte sie aber auch als Schwachsinn einstufen.
Und wenn schon, ein Schwachsinn mehr oder weniger.

… und außerdem:

Wenn ich Schwachsinn erzähle,
und merke sogar, dass ich Schwachsinn erzähle,
dann bin ich doch gar nicht so schwachsinnig.
Somit bin ich zumindest denen überlegen,
die auch Schwachsinn erzählen, es aber nie merken.

… und hier geht es schon los:

In den vorangegangenen Zeilen steht
fünfmal das Wort Schwachsinn,
welch ein Schwachsinn.
Aber ich habe es bemerkt!

Inhalt

Der Wahrheitsgehalt der folgenden Handlung
in einem deutschen Amt ist extrem gering.
So etwas darf es überhaupt nicht geben – niemals!

Vorbetrachtung

Bisher hat mir niemand diese konkrete Frage ge-stellt: „Bist du, lieber Marco Wiesenstein, mit deinem Berufsleben so richtig zufrieden?" Hätte es doch je-mand getan, wäre nach einer kurzen Schaltpause ein überzeugendes JA, ABER über meine Lippen gekom-men. Für diese konkrete Aussage muss man verschie-dene Blickwinkel zugrunde legen, denn das ist Voraussetzung für die objektive Bewertung aller Dinge und vor allem eines Jobs. Ja, meine tägliche Arbeit ist durchaus abwechslungs- und inhaltsreich, aber auch nicht immer so einfach zu bewältigen, wie mancher denkt. Die äußerst verantwortungs- und anspruchsvolle Tätigkeit als Beamter im Finanzamt, Sachgebiet Hun-desteuer, erfordert meine ganze Energie. Das kann manchmal sogar richtig in Stress ausarten. Nichts mit Hintern platt sitzen als Beamter! Hier wird gekämpft an vorderster Front! Nichts für Weicheier!

***

Wir schreiben das Jahr 2032. Trotz Veränderungen in wirtschaftlicher und politischer Hinsicht ist etwas so geblieben wie vor einhundert Jahren: der treue Staatsdiener im Amt, und das ist gut so.

Unser Sachgebiet ist bis jetzt aufgrund der Tatsache, dass der Anteil von Hunden und Hündinnen* innerhalb unserer großstädtischen Tierwelt überproportional hoch liegt (Tendenz stark steigend), personell gerade noch ausreichend bestückt.

(*Aus Optimierungsgründen möchte ich es im Folgenden bei dem Begriff «Hund» belassen, was hoffentlich bei allen Feministinnen keinen Aufschrei der Entrüstung auslöst. Diese begriffliche Vereinfachung soll auf keinen Fall als Diskriminierung von Hündinnen verstanden werden. Es liegt mir am Herzen, dies hier ausdrücklich zu betonen!)

Trotz der starken Zunahme dieser Spezies würden jedoch immer noch mit deutlichem Vorsprung die Ratten das Rennen machen. Den riesigen Hundeanteil möchte ich jedoch nicht als Plage bezeichnen, obwohl es manchmal den Anschein erweckt. Noch ist alles steuerbar, gegebenenfalls mit der Hundesteuer. Die allermeisten von ihnen werden nachweislich von ihren menschlichen Mitbewohnern gut bis übertrieben betreut. Vielleicht wird diese Feststellung noch untermauert, wenn man bedenkt, dass im Supermarkt inzwischen mehr Fläche für Hunde- als für Kindernahrung zur Verfügung steht. Der Hund ist noch stärker in den Mittelpunkt unseres Lebens gerückt. Der Interessenverband *EHM* (*Energie für Hund und Mensch e.V.*) hat bereits seinen mächtigen politischen Einfluss bei der städtischen Verkehrsplanung geltend gemacht. Jetzt arbeitet man schon fieberhaft daran, auf den Hauptmagistralen sogenannte *Wege für Fahrrad mit Hund* zu errichten. Die Kollisionen zwischen Hunden und anderen Verkehrsteilnehmenden hat mittlerweile kritische Ausmaße angenommen, die solche skurrilen Entscheidungen beflügelt haben. Dabei ist die Kombination *Fahrrad/Hund* gesetzlich geregelt. Laut Straßenverkehrsordnung darf EIN angeleinter Hund pro Fahrrad mitlaufen, was sich dennoch manchmal als problematisch erweist. Die Vierbeiner wollen einfach nicht begreifen, dass sie sich nur in einer Spur bewegen dürfen. In Anbetracht dessen soll Abhilfe geschaffen werden – aus Geldern, die eigentlich für andere Baumaßnahmen vorgesehen sind.

***

Nun zum Thema Hundesteuer. Man kann sie durchaus als Fossil in der Liste der Staatseinnahmen bezeichnen, denn sie existiert in Deutschland schon seit 1809. Der aus heutiger Sicht wohl wichtigste nachvollziehbare Grund für diese Steuer ist, dass sie inzwischen jährlich über vierhundert Millionen ins Staatssäckchen spült. Davon müssen natürlich auch die Kosten für die Beseitigung des durch Hunde verursachten Fäkalschmutzes beglichen werden, welche in letzter Zeit nahezu explodiert sind. Entsprechende Plastiktüten, die früher mehr oder weniger üblich waren, werden aus Umweltgründen nicht mehr bereitgestellt. Papier und bisher getestete recyclebare Ersatzstoffe haben sich als vollkommen ungeeignet erwiesen. Zweifler können es gern ausprobieren. Das Resultat liegt dann auf der Hand und das sogar geruchsintensiv.

Eine Steuer für Pferde ist bereits auch schon im Gespräch. Umweltpolitische Aspekte könnten zu einer starken Zunahme und somit zur Renaissance dieser Spezies führen. Ich sehe in meiner grenzenlosen Fantasie schon die Anbindestangen für Dienstpferde auf unserem jetzigen Parkplatz. Vielleicht gibt es dann sogar eine weitere Steuer für neu entwickelte Pferdelimousinen. Die Abgase der Zugtiere könnte man sogar als Energieträger für die Klimaanlage der Gefährte nutzen. Ich höre unsere Umweltministerin schon jauchzen. Manchmal eilen meine tiefgründigen Gedanken der Zeit voraus. Das Ganze ließe sich sogar noch mehr ausschmücken, doch ich kehre gedanklich erstmal ins Jetzt zurück. Noch ist es nicht so weit – noch nicht ...

***

Im Folgenden beschränke ich mich auf eine kurze Analyse meiner beruflichen Karriere. Ich bin der Überzeugung, dass ich dabei nicht allzu viel falsch gemacht habe. Dennoch muss ich zugeben, auf der Leiter nach „oben" bis jetzt nur wenige Sprossen erklommen zu haben, wofür es einen triftigen Grund gibt. Ich bin einfach nicht der geborene Streber. Das liegt bestimmt darin begründet, dass ich aus konkreter Erfahrung mit Streber(n)/-innen** nie so richtig klargekommen bin. Eine Untergruppe derer, die ich als offensive Streber/-innen** bezeichne, sind die noch schlimmeren. Es sind jene, die allen ihr „Besserwissen" unbedingt demonstrieren müssen, ähnlich wie in einer Zwangsneurose. Sie lassen keine Minute aus, um ihrer Umwelt zu zelebrieren, dass sie immer und in jeder Lebenssituation über alles besser Bescheid wissen als die anderen. Dabei geht es mir gar nicht darum, dass sie es vielleicht tatsächlich wissen, sondern WIE sie es tun. Dennoch kommen mir Zweifel, ob bei so manchen deren dargestelltes Wissen einer Tiefenprüfung standhalten würde. Das sind diejenigen, welche sich nur ordentlich in Szene setzen wollen. Fatalerweise erliegen sie auch noch dem Irrglauben, damit in ihrem Umfeld Anerkennung zu bekommen.

Kleine und große Geister

Ausgerechnet die kleinen sind oft
von starkem Selbstdarstellungsdrang besessen,
während sich die großen eher
durch Zurückhaltung auszeichnen.
Könnten die beiden ihre
Charaktermerkmale miteinander tauschen,
würden sie der Menschheit
einen großen Dienst erweisen.

Diese Spezies ist ganz verbissen in dem Drang den anderen klarzumachen, dass diese vermeintlich geistig flacher gestrickt sind als sie selbst. Dann genießen sie für einen Moment das Verschämtnachuntenschauen der „Nichtwisser/-innen**". Das empfinde ich seit jeher als ausgesprochen penetrant. Es hat den Anschein, dass

Besserwisser/-innen** nie richtig zufrieden gestellt werden können. Vielleicht ist da ein Vergleich mit Nymphoman(en)/-innen** gar nicht so abwegig. Diese müssen nach jedem Sex feststellen, dass es wieder nichts so Richtiges geworden ist, was sie veranlasst, schnellstens in die nächste Runde zu gehen. Na gut, eine hübsche Nymphomanin könnte mir vielleicht noch ein Weilchen Spaß bereiten, aber nur solange die Kraft dafür reicht. Mit Besserwisser(n)/-innen** hingegen macht ein Zusammenwirken vom ersten Augenblick an keine Freude. Das Schlimme ist auch noch, dass sie bei denen, die sich aus Taktgefühl nicht mit ihnen anlegen wollen, vermeintliche Verbündete sehen und damit deren Nähe suchen.

Die meisten Besserwisser/-innen** haben sich auch noch den zweifelhaften Nimbus von Unfehlbarkeit auferlegt und würden niemals einen Fehler eingestehen, selbst dann nicht, wenn die Beweislage erdrückend ist. Diese Gattung Mensch ist fast überall anzutreffen, ganz besonders in einem Amt, wo durch fehlende Wertschöpfung vieles kaschiert werden kann.

(**Man verzeihe mir, dass ich es nur bei den beiden prozentual hauptsächlich vorkommenden Geschlechtern belasse. Die Sprachwissenschaftler streiten sich schon weit über zwanzig Jahre um Spezifizierungen und grammatikalische Regeln – bisher ohne sinnvolles Ergebnis und zum Gelächter der meisten Leser.)

***

Letztendlich hat meine Mittelmäßigkeit dazu geführt, dass ich zumindest noch die Kurve bekommen habe. Nach einem Abitur mittlerer Güte habe ich es immerhin zu einem Beamten im mittleren Dienst gebracht. Die goldene Mitte hat es mir irgendwie angetan. Dabei ist es ohnehin fast schon anrüchig, wenn man sich für eine Laufbahn als Staatsdiener entscheidet, zumal man sich über uns deutsche Beamten heutzutage genüsslich auslässt. Wir werden belächelt, beleidigt, zerpflückt, aber auch manchmal heimlich beneidet. Wir sind einfach die Fußabtreter der Nation. So, das musste jetzt mal raus. Dann lasst euch mal über mich ruhig aus, den Beamten im mittleren Dienst. Ich kann das verkraften, zumal ich mir mittlerweile ein äußerst dickes Fell wachsen lassen habe.

Mit zunehmendem Alter sinkt die Wahrscheinlichkeit, dass einen etwas aus den Bahngleisen wirft – besonders dann, wenn die Lok laufzeitbedingt an Fahrt abnimmt und die verbliebene Schienenstrecke überschaubar wird.

Nach mehreren Zwischenstationen bin ich auf dem Dienstposten angekommen, bei dem ich mir durchaus vorstellen kann, das Pensionsalter zu erreichen, falls mich nicht doch noch ungewöhnlicher Ehrgeiz packt. Meine Entwicklung hatte natürlich auch ihren Preis. In meinen jungen Jahren, als ich noch im Pass- und Meldewesen tätig war, verspürte ich hin und wieder das Bedürfnis, aus jugendlich-naiven Gerechtigkeitsempfinden heraus meinem Teamleiter mit spitzen Bemerkungen deutlich zu machen, dass manche seiner Dienstanweisungen unter der Rubrik *grober Unfug* einzuordnen sind. Selbst wenn ich meine Feststellungen belegen konnte, kam das natürlich nur in den seltensten Fällen so richtig an, was mir heute nach einem langen Reifeprozess durchaus verständlich ist. Heute weiß ich, dass man einen Chef niemals spüren lassen darf, dass man schlauer oder besser sein könnte als er. Wer das missachtet, ist dem Untergang geweiht. Das Problem für meine Vorgesetzten bestand meistens darin, dass sie mir rein fachlich nur selten grobe Fehler oder Unvermögen unterstellen konnten. Inzwischen bin ich zu der Einsicht gelangt, dass es genau dieser Sachverhalt war, der ihren Zorn gegen mich entfachte. Der Umstand, nichts gegen mich in der Hand zu haben, außer dass ihr empfindliches Ego durch meine Aufmüpfigkeit angekratzt wurde, machte es meinen Chefs nur auf Umwegen möglich, mich loszuwerden. Dass es ihnen schließlich gelang, ist der Gesetzmäßigkeit zuzuschreiben, dass ihr Draht zur nächsten Etage kürzer war als meiner. Somit bin ich mit verschiedenen Tätigkeiten in deutschen Ämtern sehr wohl vertraut.

Meine Arbeit habe ich im Wesentlichen gut im Griff. Mit der Zeit ist es mir gelungen, den Tagesablauf weitgehend zu optimieren mit dem Ziel, unnötige Hektik und Mehrarbeit zu vermeiden. Dabei möchte ich mich keinesfalls in die faule Ecke gestellt sehen, doch übertreiben will ich es nun auch wieder nicht. Manchmal ist es sogar sinnvoll, mit minimalem Aufwand den Eindruck nach außen zu erwecken, dass einen die Arbeit voll und ganz in Anspruch nimmt. Diese Strategie erfüllt eine gewisse Schutzfunktion. Schließlich will ich nicht vorzeitig ein Burnout-Syndrom bekommen, wie einige meiner Kollegen. Die einen fühlen sich kräftemäßig überfordert, andere können ihren Vorgesetzten nicht ausstehen, werden gemobbt oder es ist eine Mischung aus allem. Im eigenen Team bin wahrscheinlich ICH der Grund dafür, dass einzelne der Verzweiflung nahe sind. Beim Umgang miteinander wirke ich anderen gegenüber manchmal recht direkt und etwas spitz, also nichts für Mimosen. Wenn zwingende Umstände es jedoch erfordern, gelingt mir trotz meiner Direktheit ein Mindestmaß an Diplomatie. Im Bedarfsfall muss man für einen höheren Zweck auch mal herumschleimen. Das habe ich im Laufe der Zeit gelernt. Grundsätzlich nehme ich jedoch kein Blatt vor den Mund. Demzufolge gibt Kollegen, wenn auch nur sehr wenige, die mich seit geraumer Zeit nicht mehr grüßen und jede Gelegenheit nutzen, um mir ein Bein zu stellen. Mit den meisten komme ich aber ganz gut klar, besonders mit denen, die so wie ich eine erforderliche Gelassenheit gepaart mit Realitätssinn mitbringen und auch die Fähigkeit besitzen, mit einer gewissen Taktik sich Freiräume im Arbeitsprozess innerhalb eines Amtes zu schaffen.

***

Am allerbesten verstehe ich mich mit meinem Kollegen und Kumpel, Wolf Rüdiger Sindemann. Wolfi ist aufgrund seiner physischen Beschaffenheit kaum zu übersehen, denn er hat die Statur eines hohen Kleiderschrankes. Hinzu kommt sein markanter, etwas bedrohlich wirkender Gesichtsausdruck. Doch die Optik täuscht, denn in seiner Nähe kann man sich immer sicher fühlen. Manche, die ihn nicht kennen, machen vorsichtshalber einen großen Bogen um ihn, was vollkommen unbegründet ist. Nur wenn jemand ihm und seiner Begleitung schlagkräftigen Ärger bereitet, kann das für den betreffenden negative Folgen haben. Dessen körperliche Beschaffenheit hätte anschließend krasse Abweichungen zu vorher.

Wolf Rüdiger Sindemann

Mit Wolfi gehe ich gern und auch des Öfteren mal ein Bier trinken. Er ist ein Kumpel durch und durch, der im Notfall auch nachts zur Stelle ist, ohne dumme Fragen zu stellen. Umgekehrt gilt selbstverständlich das Gleiche. Im Gegensatz zu seinem Äußeren besitzt er ein ausgesprochen sonniges Gemüt und die geniale

Eigenschaft eines Lotusblumen-Blattes. Egal was dagegen spritzt, es perlt mit hoher Wahrscheinlichkeit ab. Da er einen sehr guten Draht zum Sachgebietsleiter Berthold Fröhlich hat, spritzt es von da oben ohnehin nur sehr selten, und wenn, sind es nur kleine Tröpfchen, die auf dem Weg zu ihm fast verdampfen. Für Wolfis geheimen Sonderstatus gibt es einen plausiblen Grund. Abgesehen davon, dass beide menschlich im gleichen Fahrwasser schwimmen, hatte er einmal durch dummen Zufall Fröhlich in einer sehr intimen Situation mit der Sekretärin des Amtsleiters, Dietrich Rammstätten, auf dessen Schreibtisch erwischt. Mit Sicherheit ist Wolfi keine Petze, doch dieses Wissen hatte zwangsmäßig zur Folge, dass Fröhlich seit diesem brisanten Ereignis sehr behutsam mit ihm umgeht. Wenn im Amt verschiedene außergewöhnliche Ereignisse, wie Umsetzungen, bahnbrechende Änderungen oder fachliche Umstrukturierungen bevorstehen, weiß es mein Kumpel als einer der ersten, und somit auch ich. Merkwürdigerweise erhielt er ganz kurze Zeit nach dieser Begebenheit eine höhere Besoldungsstufe. Wolfi meinte, obwohl er sich bestimmt aus Fröhlichs Sicht zum falschen Zeitpunkt an der falschen Stelle befand, muss er wohl doch alles richtig gemacht haben. Er versprach mir, dass er demnächst den heißen Draht zu Fröhlich auch mal nutzen würde, um in einem günstigen Moment über meine Besoldung zu sprechen. Wolfi ist wirklich ein Kumpel. Da ich mit einer Stufe noch Luft nach oben hatte, ließe sich doch bestimmt noch etwas an der Schraube drehen.

So, jetzt ist erstmal kurze Verschnaufpause. Danach brennt wieder die Luft. Es warten bestimmt schon die nächsten Kunden – mit und ohne Hund. Man kommt kaum zum Luftholen bei dem Stress. Für diese Maloche ist für einen Mitarbeiter im Finanzamt, Sachgebiet Hundesteuer, wirklich voller Einsatz gefragt. Und es wird nicht leichter. Im Folgenden werdet ihr erkennen, wovon ich spreche.

***

Der stinknormale Alltag

Der Wartebereich war überfüllt. Einige Bürger hatten zur Sprechzeit ihren Hund ins Amt mitgebracht, was bei Neuanmeldungen von Vorteil ist, wenn bestimmte Daten aus der Stammbaumurkunde nicht hervorgehen oder keine vorhanden sind wie beispielsweise bei Mischlingen. Manche Besitzer bringen ihren Hund auch ohne triftigen Grund mit. Die einen glauben, durch das ständige Gebell ihres Lieblings schneller abgefertigt zu werden. Andere können ihr „Kleinkind" nicht allein zuhause lassen. Wieder andere wollen mit ihrem Vierbeiner beweisen, dass sie viel zu viel Hundesteuer entrichten, weil sie meinen, dass ihr Liebling in der Besteuerung einer falschen Kategorie zugeordnet wurde. Zum Beispiel wird ein Kampfhund steuerlich weitaus höher eingestuft als einer, der keinem besonderen Zweck zugeordnet werden kann. Merkwürdigerweise ist bis jetzt die Höhe der Steuer nicht von der Höhe des Hundes abhängig, egal ob es sich bei dem Tier um einen mickrigen Chihuahua oder einen stämmigen Bernhardiner handelt, was nicht alle wissen und auch nur schwer nachvollziehbar ist. Dennoch wird die Schulterhöhe der Hunde bei uns seit ein paar Monaten exakt registriert, was uns zusätzlichen Arbeitsaufwand beschert. Natürlich werden die Daten von einem ausgewachsenen Hund zugrunde gelegt. Es wird vermutet, dass zeitnah die bestehende allgemeingültige Hundesteuer entsprechend nach Hundegröße proportional angehoben werden soll – sehr zum Leidwesen der Besitzer von Windhunden, Neufundländern und Dobermännern, aber zum Glück für Dackel, Pekinesen, Malteser etc.

**

Nach meiner allmorgendlichen fünfzehnminütigen Kaffeepause rief ich die Nummer achtundzwanzig auf, hinter der sich die Hundebesitzerin Frau Tanja Vogelberg verbarg. Fast synchron zu meinem Aufruf betrat eine sehr sehenswerte junge Frau mit einem extrem großen Tier mein Dienstzimmer, während ich etwas zurückgelehnt in meinem Hightech-Bürostuhl saß, der sich noch in der unteren Relaxposition befand. Ich hatte vergessen, ihn rechtzeitig in Beratungsstellung zu bringen. Erschrocken blickte ich mehrere Sekunden in zwei Hundeaugen einer zu mir nach unten schauenden Deutschen Dogge mit einer geschätzten Schulterhöhe von über einem Meter. Der Blick verriet mir: „Freund, wenn du nicht augenblicklich unsere Interessen vertrittst, dann brauchst du dir um deine Pension keine Sorgen mehr zu machen." Sicher wäre diese Lösung dem Land später sehr entgegengekommen, doch so viel gönne ich meinem Land auch wieder nicht. Obwohl sich dieser Mega-Hund an einer Hundeleine befand, deren Ende Frau Vogelbergs zartes Handgelenk umschloss, ließ diese Leine noch viel zu viel Spielraum für das Ausleben seiner nicht vorhersehbaren Laune zu. Ich flüsterte leise einen Befehl an meine sprachgesteuerte, internet-basierte, intelligente und persönliche Assistentin:

„Alexa, Stuhl hochfahren, aber in Kampfstellung!"
Es kam leise zurück:

„Stuhl wird in angewiesene Stellung gebracht."

Umgehend wurde mein Stuhl über eine Hydraulik sanft weit nach oben angehoben, wodurch ich zumindest eine geringe Überlegenheit dem Hund gegenüber suggerieren konnte. Erst jetzt wurde mein Blick frei zu seiner Halterin. Vor mir stand eine schlanke und ausgesprochen hübsche blonde Frau mit einem kurzen schwarzen Lederminirock und roten High Heels. Sie war nicht allzu groß, vielleicht so eins vierundsechzig. Ich muss gestehen, sie war schon ein Hingucker!

Frau Vogelberg setzte sich etwas rechts vor meinen Schreibtisch auf den Besucherstuhl. Gemächlich kreuzte sie ihre wohlgeformten Beine übereinander, infolgedessen für eine Sekunde deutlich die Farbe ihres Slips erkennbar wurde. Er war farbgleich mit den High Heels. Ich will nicht behaupten, dass ich bewusst hinschaute. Das alles lag eben einfach nur so im Blickfeld.

Die Hundebesitzerin lächelte, und wie sie lächelte. Mit einer seidenweichen erotischen Stimme begrüßte sie mich überaus freundlich, vergleichbar mit dem Gesang einer kleinen Elfe über einer Sommerwiese. Sekunden später folgte in einem schärferen Tonfall die Ansage: „Bodo, Platz!". Das hingegen klang eher wie der Befehl eines missgelaunten Waldgeistes. Umgehend leistete Bodo wider Erwarten dieser Anweisung Folge. Jetzt konnte ich erst einmal tief durchatmen.

„Schön guten Tag, junge Frau. Was kann ich für Sie tun?"

Mein erster Gedanke war: Wie kann diese kleine zierliche Person eigentlich von so einem Kraftwerk auf vier Pfoten als Alphatier respektiert werden. Merkwürdigerweise schien es doch zu funktionieren. Bodo lag brav etwas links von meinem Schreibtisch und hatte in dieser Position die Schulterhöhe eines Durchschnittshundes. Sein Blick ließ aber erkennen, dass sich seine Haltung mir gegenüber nicht wirklich geändert hatte. Den Blick von Tanja Vogelberg deutete ich jedoch ganz anders. Ich schaute in zwei warmherzige erotisierende Dackelaugen. Es war schwer, diesem Blick standzuhalten. Die Elfe mit Dackelblick umschwirrte mich und trällerte los:

„Wenn Sie so nett sind, wie Sie aussehen, bekommen wir die Sache schnell geregelt. Wissen Sie, meine finanzielle Lage ist zurzeit nicht gerade prickelnd. Könnten Sie eventuell mal prüfen, ob mein Bodo aus der Kategorie Kampfhund gestrichen werden kann. Ich würde mich Ihnen wirklich so was von dankbar erweisen. Sie können mir glauben, Bodo tut niemandem etwas. Schauen Sie sich ihn doch an.“

Ich schaute der Deutschen Dogge in die Augen und konnte beim besten Willen die Ansicht des blonden Alphatieres nicht teilen. Ich war mir auch nicht hundertprozentig sicher, was sie mit der Andeutung von Dankbarkeit meinte. Wolfi hingegen hätte es sofort einem bestimmten Sachverhalt zugeordnet. Mir fielen in diesem Augenblick nicht gleich die passenden Worte ein. Ich dachte kurz nach. Der Doggenblick links und der Dackelblick rechts.

„Junge Frau, ich verstehe Ihre Situation und ich hätte Ihnen wahnsinnig gern weitergeholfen, jedoch muss ich mich an die vorgegebene Klassifizierung der Hunderassen halten. Die Deutsche Dogge wird nun mal als Kampfhund eingestuft. Ich gehe aber mal davon aus, dass Sie bestimmt Verständnis dafür haben, dass ich meine Befugnis nicht überschreiten darf. Trotzdem wünsche ich Ihnen noch einen wunderschönen Tag."

Obwohl Bodo meine tiefgründigen Worte eigentlich überhaupt nicht verstehen konnte, verfinsterte sich seine Miene zusehends und seine kräftigen Zähne wurden für einen Moment sichtbar. Gleichzeitig mutierten die Dackelaugen rechts zu denen einer Dogge. Die Stimmungslage des Alphatiers schien schlagartig zu kippen. Meine Stimmungslage tat das Gleiche. Jetzt bekam ich das ungute Gefühl gleich zwei Kampfhunden gegenüber zu sitzen. Das wurde umso deutlicher, als es bissig zischte:

„Was habe ich auch erwartet. Das war doch mal wieder klar, Sie Sesselfurzer. Wissen Sie was? Sie können mich mal kreuzweise!"

Das klang gar nicht mehr wie der zarte Gesang einer Elfe. In diesem Moment war ich etwas überfordert. Mit einer so direkten knalligen Antwort hatte ich jetzt ganz und gar nicht gerechnet. Mir wurde klar, dass jede falsche Formulierung meinerseits womöglich für mich gravierende Folgen haben könnte. Große Schweißperlen bildeten sich auf meiner Stirn, was bei mir im Dienst normalerweise zu den selteneren Erscheinungen zählt. (Um nicht falsch verstanden zu werden – ich bin eigentlich körperlich ganz gut durchtrainiert.) Ich überlegte einen Moment, wie ich jetzt taktisch klug vorgehen könnte, um größere Gefahr abzuwenden.

„Liebe Frau Vogelberg, ich würde wirklich liebend gern Ihrem Wunsch entsprechen, aber ich mache nicht die Gesetze. Ich bin doch auch nur ein kleines Zähnchen im Getriebe der Staatsmacht, welches diese Vorgabe umsetzen muss. Trotzdem könnte ich Ihnen etwas entgegenkommen. Ich sehe von einer Anzeige wegen einer Ordnungswidrigkeit ab, die beinhaltet, dass ihr Hund keinen Maulkorb trägt. Ist doch ein Deal, oder?"

„Ficken Sie sich ins Knie!! Bodo komm, wir gehen!"

Erst meint sie, ich kann sie mal kreuzweise … und dann soll ich mich ins Knie … Ja, was denn nun? Warum kann sich diese Frau nicht mal klar entscheiden.

Bodo gehorchte glücklicherweise. Frau Vogelberg riss die Tür auf und stakste mit ihren roten High Heels hinaus in den Flur, wobei sie mit ihrem verdammt geilen Hintern hin und her wippte. Der Hund tapste an der durchhängenden Leine etwas behäbig artig hinterher. Irgendwie passten die beiden gar nicht zusammen. Bodo drehte sich beim Verlassen des Zimmers doch noch einmal um. Hätte er es mal lieber nicht getan, denn dieser Blick hat sich in meinem Gehirn für immer festgebrannt. Offenbar wollte er mir visuell die Botschaft hinterlassen, dass er noch eine hohe Rechnung mit mir offen hat, über deren Folgen ich gar nicht näher nachdenken wollte. Zumindest habe ich es so empfunden. Vorsorglich hatte ich noch in die Schreibtischschublade nach meinem Pfefferspray gegriffen, welches für Tiere, die mich nicht leiden mögen, sehr zweckdienlich sein kann. Das wusste natürlich niemand. Es hätten bestimmt einzelne aus dem Team danach gelechzt, mir den Tierschutzbund auf den Hals zu hetzen, deren Vertreter schlichtweg der Auffassung sind: Jedes Tier soll seine Instinkte ausleben. Der Hund ist nun mal genetisch gesehen ein Raubtier und es liegt nur in der Natur der Sache, dass Bodo mich als Beute sieht. Nicht aufgepasst, dann Finger ab. Pech gehabt. Basta.

Ich wartete zur Sicherheit noch eine Minute ab, bevor ich zur Tür ging. Vorsichtig schaute ich um den Türrahmen, um mich zu vergewissern, dass das Kampf-Duo auch wirklich außer Sichtweite war. Es war. Ich atmete auf. Diese Respektlosigkeit hatte mich hart getroffen. Wie konnte diese kleine hübsche Frau nur so ausfallend und fies zu mir sein. Vielleicht verfügt sie doch über eine Gemeinsamkeit mit ihrem Hund – die Struktur des Gehirns. Möglicherweise tue ich jetzt den Deutschen Doggen sogar ein wenig Unrecht. Ihr Doggen, bitte verzeiht mir! Ihr seid natürlich klug – in Relation auf die Gattung *Hund*.

Dieses gravierende Kundenerlebnis wollte ich umgehend Wolfi mitteilen. Der ist für solche Storys ganz empfänglich. Also musste ich erstmal auf einen kleinen Abstecher in sein Zimmer eilen. Wolfi lauschte sehr aufmerksam zu. Ganz besonders interessierte er sich für die anatomischen Gegebenheiten der Frau Vogelberg. Die konnte ich detailgetreu beschreiben.

„Vielleicht ist die gar nicht so flach gestrickt. Marco, das sollte man mal prüfen. Du hast doch ihre Adresse."

„Denk gar nicht weiter. Da ist ein kleiner Wauwi im Weg. Der könnte einiges an dir verkleinern. Danach würdest du nie wieder nach den anatomischen Gegebenheiten geiler Frauen fragen, vom Rest ganz zu schweigen."

***

Gundula

Gundula Matzke, die schon weit über zwei Jahrzehnte unser Sachgebiet beherrscht, kann man als ein Phänomen bezeichnen. Sie besitzt eine Fähigkeit, an welche die anderen Mitarbeiter im näheren Umfeld nicht mal ansatzweise herankommen. Mit ihrem ausgesprochen starken Ego strahlt sie anderen gegenüber immer und überall eine beeindruckende Dominanz aus. Diese Frau spätmittleren Alters ist zwar relativ klein, dafür aber ziemlich füllig. Als besonders hübsch würde ich sie auch nicht beschreiben. Zumindest sind gewisse Überreste einer jugendlichen Schönheit noch zu erkennen. Dementsprechend ist sie bemüht, mithilfe vieler wertvoller Erdöldestillate aus der Kosmetikindustrie ihr vom Leben gezeichnetes Gesicht geschickt zu kaschieren. Gundula ernährt sich grundsätzlich vegan, was sie überall mit Hingabe missionarisch verbreitet. Dennoch steht ihr kräftiger Körperbau mit ihren Essgewohnheiten dazu irgendwie im Widerspruch. Am stärksten jedoch beeindruckt Gundulas überaus voluminöser und manchmal Furcht einflößender Busen ihre Umwelt, vor allem die männliche. Mit Fug und Recht kann man dieses markante Körperteil als ein Bollwerk bezeichnen.

Gundula Matzke

Im Gegensatz zu der stark in Mode gekommenen und von ihr ausgeübten Ernährungsreligion demonstriert sie mit ihrer Kleidung einen verstaubten Konservatismus. Sie trägt ausnahmslos schmucklose Business-Kleidung, meistens ein schwarzes zeitloses Kostüm und darunter eine hoch geschlossene weiße Bluse. Ihre Füße stecken stets in schwarzen Pumps ohne jegliche Modeeffekte. Ihr Äußeres ist dennoch sekundär. Mit ihrem Auftreten wirkt sie in jeder Situation souverän und bei allen Absprachen zu unserer täglichen Arbeit im Team demonstriert sie genüsslich ihre riesige Verantwortung. So zieht sie mehrmals am Tag durch die Zimmer unseres Teams, um zu schauen, ob alle gut beschäftigt sind und verteilt dementsprechend verschiedene Aufgaben. Wenn sie mit ihrem überzogen aufrechten Gang und wippenden Busen durch unseren Flur im harten zügigen Schritt marschiert, stets mit einer weinroten goldumrandeten Ledermappe unter dem Arm, macht das einen gewaltigen Eindruck. Das muss wohl die Staatssekretärin für Finanzen sein, denkt jeder …, jeder, der sie nicht näher kennt. Gundula ist nämlich ein genauso kleines Licht wie ich und Wolf Rüdiger und ihr fachlicher Durchblick hält sich in engen Grenzen. Es sei mir gestattet, wenn ich die Feststellung treffe, dass Gundula ein wenig unterbelichtet ist, obwohl man ihr eine gewisse Bauernschläue nicht absprechen kann. Sie verfügt über die Fähigkeit, ihr Unwissen geschickt und professionell zu kaschieren. Hinzu kommt, dass es ihr fast immer gelingt, fachliche Dinge, die sie eigentlich selbst erledigen müsste, mit Fingerspitzengefühl weiter zu delegieren und anschließend das Ergebnis als ihren geistigen Erguss effektvoll zu verkaufen. Erfolge anderer werden von ihr ganz bewusst ausgeblendet. Es gibt einfach niemand besseres als sie. Sie strahlt eine gewisse, wenn auch fachlich unbegründete Autorität aus und macht sich diese entsprechend zunutze, was hinsichtlich der personell festgelegten Führungshierarchie für Außenstehende kaum erklärbar ist.

Hier wirft sich die berechtigte Frage auf, warum das die anderen Teammitglieder einfach so hinnehmen und ihren Weisungen meist widerspruchslos Folge leisten. Darauf gibt es eine ganz plausible Antwort:

Merkwürdigerweise besitzt Gundula eine Eigenschaft, die vieles wieder wettmacht. Aus diversen Gründen übt sie eine gewisse Macht gegenüber unserem Teamleiter Bernhardt Grunzbach aus. Bei irgendwelchen wahnwitzigen Anweisungen und Schikanen gegenüber seinem Team nimmt sie unsere Belegschaft vor ihm manchmal erfolgreich in Schutz. Dabei darf sie ihn sogar auch mal ungestraft laut anschnauzen. Grunzbach vermeidet es grundsätzlich, sich mit ihr anzulegen. Aus dem Busch zwitschert es, dass Gundula mal ein überaus heißer Feger war. Es soll Kollegen geben, die sie in der entsprechenden Bewertungsskala weit oben eingestuft haben. Sie erhielt Zusatzpunkte von den Beurteilenden für bestimmte Fähigkeiten, die sie von ihren festen Partnerinnen offensichtlich in ihrem ganzen Leben noch nicht kennengelernt haben. Ein Mitarbeiter aus einem anderen Sachgebiet soll mitten bei der praktischen Prüfung der Richtigkeit dieser Bewertung das Zeitliche gesegnet haben. Der Art seines Abgangs muss man zweifelsohne die allerhöchste Punktzahl zuordnen. Damals wurde absolutes Stillschweigen angeordnet. Doch Ereignisse derartiger Brisanz sickern immer irgendwie durch. Gundula soll inzwischen in dieser Hinsicht gesetzter geworden sein, was wahrscheinlich einem speziellen körperlichen Verschleiß geschuldet ist. Ihrem Mundwerk kann man jedoch immer noch eine sehr gute Kondition bescheinigen. Bei jeder passenden Gelegenheit legt sie los wie ein Feuerwerk. Für die Wortanzahl, die sie an einem Tag herausprudelt, benötige ich eine Woche. Eine Kombination aus eng begrenztem Fachwissen, Bauernschläue, hohem Selbstbewusstsein und dennoch Beschützerinstinkt vor äußeren Einflüssen sichert ihr einen festen Platz im Team. Gundula ist gar nicht mehr wegzudenken. Sie ist wirklich ein Bollwerk, mit dem dazu passenden Busen.

***

Verantwortlichkeiten

Die Tür sprang auf, ohne dass vorher angeklopft wurde. Gundula platzte herein, natürlich mit ihrer weinroten goldumrandeten Ledermappe unter dem Arm. Außer bei Vorgesetzten klopft sie niemals an einem Dienstzimmer an.

„Heute gibt's was zu tun. Unsere Annerose hat nächste Woche ihren Fünfzigsten. Müsstest mal rumgehen und Geld einsammeln!"

„Welche Annerose?"

„Mann, die Grollbaum aus Zimmer zwo null siebenundzwanzig! Hältst wohl noch Winterschlaf?"

Jetzt dämmerte es mir. Das ist die dünne Verbiesterte mit dem Dutt auf dem Kopf, bei der unser Schöpfer bei der Schönheitsvergabe extrem sparsam umgegangen war. Wenn sie nur mal kurz aus dem Fenster ihres Zimmers schaut, ergreifen die Tauben vom Dach unseres Dienstgebäudes umgehend die Flucht, wo sie normalerweise in Divisionsstärke stationiert sind und die Lufthoheit unseres Stadtbezirks bestimmen.

Die Grollbaum ist die Einzige, mit der ich nicht per du bin und das hat seine Gründe. Erstens kann sie fast nie zurückgrüßen und zweitens schlägt sie einem immer die Tür vor der Nase zu. Grundsätzlich kommt sie zu spät zum Dienst und wenn sie anwesend ist, fabriziert sie häufig fachlichen Unfug. Das bekommt sie auch des Öfteren von manchen Mitarbeitern/-innen zu spüren. Sie hat nun mal nicht die Aura und die Connection wie Gundula, welche schwierige Aufgaben gar nicht erst anfasst, sondern sofort an andere weiterleitet. Die „Chefin" ist schlau genug, bei der Verteilung nicht Annerose mit einzubeziehen, denn sie weiß sehr genau, dass sich dies als Bumerang erweisen würde. Deren Leistung möchte sie nämlich ungern als die ihre verkaufen. Dennoch sind die beiden aus rein menschlicher Sicht dicke Tinte.

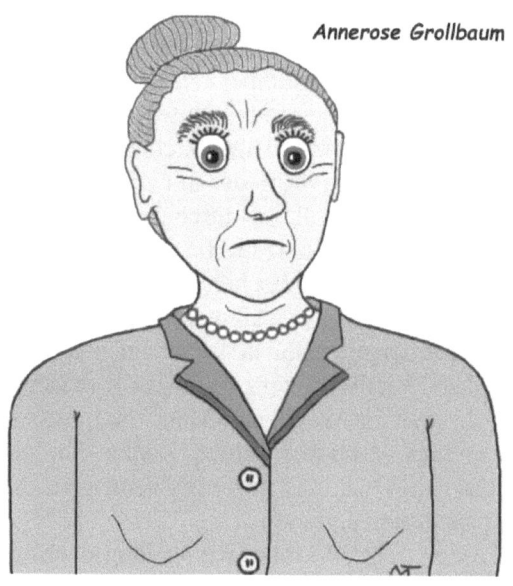

Annerose Grollbaum

„Pass bloß auf, dass alle ordentlich geben. Sie hat sich einen Milchaufschäumer und etwas Geld gewünscht. Und die Blumen müssen auch noch davon mit abfallen. Habe Gerald schon beauftragt das Ding im

Elektro-Fachmarkt zu besorgen. Der hat etwas technisches Verständnis. Bei dir bin ich mir da nicht so sicher."

Ach, war ich froh, dass Gundula etwas an meinem technischen Verständnis zweifelt. Es ist doch immerhin bequemer, durch paar Zimmer zu latschen, als diese zeitintensive Besorgung zu bewerkstelligen. Eigentlich hatte ich für beide Aufgaben nicht die richtige Lust. Ich blickte zu Gundula. Sie stand leicht breitbeinig, die Hände in ihre massive Hüfte gestützt, vor mir. Bei diesem Anblick vergeht einem jeglicher Widerspruch, ähnlich wie bei einer dominanten kräftigen Schwiegermutter. Im nächsten Augenblick entdeckte ich sogar etwas überaus Positives in der mir zugeteilten Aufgabe. Wenn ich mit der Kollekte durch die Zimmer gehe, um möglichst viel Geld einzutreiben, könnte das für mich einen gewissen ökonomischen Vorteil erbringen. Wenn ich nämlich genug zusammengebettelt habe, bleibt meine Geldbörse vielleicht verschont und keiner wird es merken. Vielleicht fällt sogar noch etwas für mich ab, sozusagen als Wegegeld. Manchmal muss man erst in sein Glück geschubst werden. Danke Gundula.

„Klar, Gundula, das mach ich doch gern. Muss nur noch paar Akten sortieren."

„Trödel nicht zu lange. Bis Anfang nächste Woche muss alles erledigt sein. Elvira soll schließlich das Geschenk auch noch schön einwickeln. Das Papier dazu bringt Wolf Rüdiger mit. Die Besorgung von Blumen ist Aufgabe von Ronald. Die Geburtstagskarte brauchst du dieses Mal nicht schreiben. Das erledigt Walther. Ganz schön stressig, das alles zu organisieren. Überall muss ich hinterher sein. Ich weiß gar nicht, wo mir der Kopf steht. Na ja, ich bin es ja gewohnt. Es ist wieder mal wie immer."

Wolfi, der faule Sack, hatte die einfachste Aufgabe abgefasst. Andererseits war mein Auftrag dank Gundula wahrscheinlich profitabler.

Die „Chefin" machte kehrt und schlug hinter sich die Tür zu. Von wegen Akten sortieren! Jetzt ist erstmal Pause. Ich holte einen Becher Kirschjoghurt aus meiner Tasche und löffelte ihn ganz bedächtig aus.

Dann stürzte ich mich mit gedrosselter Geschwindigkeit in die Schlacht. Ich erzählte in allen Zimmern, wie schwer es doch Annerose Grollbaum hat und dass sie kurz vor einem Burnout-Syndrom steht. Man kann eben nicht immer in jede Seele hineinschauen, erklärte ich gefühlsbetont. Am Ende meiner Ausführungen ergänzte ich mit einstudierter trauriger Stimme, dass jeder von uns so sein Säckchen zu tragen hat, mal größer und mal kleiner. Meine zweckdienliche Beweihräucherung von Annerose verfehlte nicht ihr Ziel. Trotz allgemeiner sonstiger Abneigung Annerose gegenüber zeigten doch die meisten nach meiner Predigt mit feuchten Augen eine hohe Spendenbereitschaft. Der letzte, dem ich bei meinem erfolgreichen Bittgang einen Besuch abstatte, war Ronald Pfeiffer. Der ist ein ganz Pfiffiger, ein sogenannter Schnelldenker, der alles im Handumdrehen erfasst und in die Tat umsetzt. Er ist überaus fleißig, aber dafür vollkommen unauffällig. Früh ist er einer der Ersten zum Dienst und abends umgekehrt. Da er als Sachbearbeiter sogar auch noch stellvertretender Teamleiter ist, kann so eine Vorbildfunktion ganz nützlich sein. Wenn er infolge von Urlaub oder Krankheit Grunzbach vertreten muss, läuft im Team alles besser und entspannter als sonst. So einen Typ wie Ronald findet man in unserem Amt relativ selten. Wenn jemand Probleme mit seinem PC hat, kann man häufig auf ihn zurückgreifen. Grundsätzlich hält er sich aus allem Tratsch heraus. Wenn man in sein Zimmer kommt, schaut er von seinem Monitor nur selten auf, ist aber freundlich und reagiert zeitnah auf alle Anliegen.

Ich klopfte. Nach einem sofortigen *Herein* bat ich mit meinem Verslein, das ich mittlerweile wörtlich im Schlaf herbeten konnte, wieder um eine angemessene Spende. Ronald war jedoch der einzige, welcher auf meine missionarische Aktion vollkommen emotionslos reagierte.

„Brauchst mir über Annerose doch keine Lobeshymnen zu singen. Lass den Scheiß. Nimm einfach was aus dem Portemonnaie vorn am Schrank in meiner Jacke."

Ronald tippte weiter auf seiner Tastatur und ich tat, was er sagte.

„Das Kleinste ist hier aber ein Zehn-Euro-Schein."

„Ist okay. Egal, wie schrullig die ist, fünfzig wird man nur ein Mal."

Wo er recht hat, hat er recht. Ronald ist wirklich ein feiner Kerl, welcher aber nur schwer zugänglich ist. Ich weiß auch gar nicht, ob er Bier trinkt.

Wider Erwarten kam ein beträchtliches Sümmchen zusammen, welches durchaus ein kleines Wegegeld enthalten könnte. Zurück in meinem Zimmer fiel ganz aus Versehen ein Scheinchen im Vorbeigehen in meinen fast leeren Papierkorb, ohne dass ich es bemerken wollte. Ich bin aber auch schusselig. Komischerweise schloss ich an diesem Tag den Papierkorb in meinen Aktenschrank ein, was ich sonst nie tat. Manchmal macht man eben auch unkontrollierte Sachen. Wahrscheinlich liegt das am Stress.

Gleich danach meldete ich Gundula Vollzug betreffs der Sammelaktion und übergab ihr den Geldsegen. Mir war bewusst, dass eine Verzögerung mir nur Unannehmlichkeiten gebracht hätte. Sie wäre mit Sicherheit in den nächsten zwei Stunden noch mehrfach in mein Zimmer gepoltert, um den Stand dieser Aktion zu erfragen mit dem Zusatz, dass Eile geboten ist. Gundula war angenehm überrascht, dass die Spendenbereitschaft des Teams so überaus hoch war. Ich hatte meine Hausaufgaben jedenfalls gemacht. Damit war ich heute sogar in Gundulas Augen der König des Tages. Möglicherweise würde mir beim nächsten Jubiläum von der „Chefin" die gleiche Aufgabe übertragen.

Gundula hat die Zügel fest im Griff. Ohne sie würde wahrscheinlich unser ganzes Team in Anarchie verfallen. Langsam glaubte sogar ich daran.

***

Am nächsten Morgen breitete ich mich wieder auf den bevorstehenden harten Dienst vor. Ich schaltete wie jeden Morgen meinen PC an, holte meinen Kaffeetopf aus der Schublade und schloss meinen Aktenschrank auf. Dann stellte ich mehr mechanisch meinen Papierkorb kopfschüttelnd neben den Schreibtisch. Anschließend ließ ich meinen Hightech-Bürostuhl entsprechend meiner Anweisung von Alexa vorerst in die Relaxposition fahren. Eine gute Vorbereitung ist eben das A und O für einen erfolgreichen Arbeitstag.

Alexa reagiert im Großen und Ganzen vorbildlich und erledigt alles, was man ihr aufträgt, fast alles. Eine Frau aus Fleisch und Blut hingegen tut so etwas seltener, zumindest nicht widerspruchslos. Dafür aber erfüllt diese (wenn sie wohl gestimmt ist) Dinge, die Alexa bis jetzt nicht in die Tat umsetzen kann, bis jetzt jedenfalls. Dennoch würde ich Alexa nicht mit einer Frau vergleichen. Oder vielleicht doch? Verbal auf jeden Fall. Wenn Alexa noch weiterentwickelt wird und damit auch eventuell noch andere Dinge ohne Einwände verrichtet, könnte es womöglich für manche Frauen eng werden. Es sei doch erlaubt, mal zu spinnen.

Der Tag war wieder gekennzeichnet von mehr oder weniger netten Bürgern, die irgendein Anliegen vorbrachten. Dieses Mals war der Anteil von tierischer Begleitung wieder besonders hoch. Dabei wurde mir bewusst, dass in den meisten Fällen, wo der Hund mit erscheint, ich mir dessen Gesicht besser einpräge als das vom vermeintlichen Alphatier. Vor allem Bodos charismatischer Gesichtsausdruck ist mir von allen Vierbeinern bisher am stärksten haften geblieben. Das Antlitz dessen Besitzerin habe ich merkwürdigerweise jedoch auch noch ganz gut abgespeichert.

Die Schlange an der Kasse unserer Kantine war heute Mittag besonders lang. Doch ich nahm es mit Gleichmut hin. Beim Bezahlen wurde urplötzlich meinem Kurzzeitgedächtnis ein Schub versetzt. Das hatte zur Folge, dass sich kleine Schweißperlen auf meiner von Denkfalten gezeichneten Stirn bildeten. Der Papierkorb! Ich aß dieses Mal sehr hastig und stürmte in Richtung Zimmer. Auf dem Flur begegnete mir Gundula, die sich von meinen bewegungsintensiven Schritten vollkommen überrascht zeigte.

„Hab noch was Wichtiges zu erledigen, was keinen Aufschub duldet. Die Pflicht ruft."

Zu meinem Glück verfiel Gundula in dem Augenblick in Sprachlosigkeit, als ich an ihr vorbeirauschte und um die Ecke verschwand. Ich riss meine Zimmertür auf und atmete durch. Da stand er zum Glück noch, der Papierkorb. Ich schaute dennoch vorsichtshalber hinein … und erstarrte zur Eissäule. Leer! Ich schlug mir unsanft gegen den Kopf. Vollkommen fertig ließ ich mich in meinen Stuhl mit derzeitiger Relaxposition fallen und dachte nach. Ich wurde so richtig wütend, wütend auf mein löchriges Gedächtnis und meinen finanziellen Verlust. Die Mittagspause war vorbei und meine Laune ebenfalls.

***

„Nummer dreiundvierzig bitte ins Zimmer zweihundertsechzehn."

Es klopfte. Zögerlich betraten Mann und Frau mein Zimmer, jedoch ohne Hund. Das heißt, nicht so ganz. Die beiden hielten gemeinsam eine Hundeleine mit Halsband in der Hand und wirkten äußerst deprimiert. Die Frau hatte Tränen in den Augen. Da ich auf so etwas immer vorbereitet bin, sprang ich auf und reichte ihr ein bereitliegendes Papiertaschentuch. „Kann ich Ihnen irgendwie helfen?"

Der Mann, der etwas gefasster wirkte, ergriff das Wort.

„Ja schön guten Tag, Mein Name ist Lohwasser und das ist meine Frau. Und das ist ..." Herr Lohwasser unterbrach sich, schluckte und hielt die Hundeleine hoch. „Unsere treue Berta ist nicht mehr."

„Wie, ist nicht mehr?"

„Sie sprang quer übers Feld, wo sie immer ihren Auslauf bekommt. Dabei rannte sie vor einen Traktor und das war's. Ganz, ganz traurig. Berta war so was von lieb. Sie war übrigens auch ordentlich bei Ihnen angemeldet."

„Also erst einmal mein tief empfundenes Beileid. So ein Hund ist ja auch nur ein ..., äh wie ein Mensch."

Ich machte eine würdevolle Pause.

„Also ich schaue mal in mein Programm. Das Tier ist doch bestimmt bei mir gespeichert."

Ich tippte mich durch mehrere Tabellen.

„Na da haben wir ihn ja: Rasse Bassethound, Farbe braun, Gewicht fünfundzwanzig Kilo, Schulterhöhe dreißig Zentimeter."

Die Frau weinend: „Nein, drei Zentimeter."

„Nee, nee, Sie haben 'ne Null vergessen. Hier steht eindeutig dreißig Zentimeter."

Der Mann gefasst: „Ja, aber das war noch vor dem Unfall."

„Gut, äh nein, nicht gut. Ist aber jetzt verwaltungstechnisch nicht von Bedeutung."

Jetzt erst wurde mir klar, dass dieses Tier nach dem tragischen Ereignis logischerweise sehr viel flacher war als vorher. Ganze drei Zentimeter. Beachtlich, was so ein Traktor für ein Gewicht hat. Das sprach ich aber vorsichtshalber nicht laut aus.

„Haben Sie schon die Todesbescheinigung ihres Hundes dabei?"

Die Frau schluchzend: „Hündin! Das ist ein großer Unterschied. Nein, haben wir noch nicht. Bekommen wir die vom Traktorfahrer?"

Der Mann schaute seine weinende Frau kopfschüttelnd an, schwieg aber.

„Nein, so etwas fällt nicht in die Kompetenz eines Treckerfahrers. Das macht der Tierarzt. Ich schlage vor, Sie gehen schnellstmöglich nochmal zum Unfallort, natürlich nur, wenn Ihr angeschlagener psychischer Zustand es zulässt. Dort sammeln Sie am besten die Überreste von Ihrer verblichenen Berta vorsichtig ein. Könnte vielleicht mit 'ner Grillzange ganz gut funktionieren. Falls das problematisch wird, fotografieren Sie die Dahingeschiedene einfach. In diesem Zustand macht es sich sogar einfacher als bei einem lebenden Hund. Die Tiere halten ja so selten still."

Eigentlich hatte ich noch eine spitze Bemerkung auf der Zunge, die ich mir jedoch aus ethnischen Gründen verkniff.

„Senden Sie uns diese Dokumentation einfach mit einem Dreizeiler zu, dann wird auch alles ordnungsgemäß verrechnet. Bleiben Sie tapfer. Am besten, Sie trinken heute Abend einen kräftigen Schnaps oder auch zwei. Dann nimmt man vieles etwas leichter."

Der Mann bedankte sich und nickte mir beim Abschied leicht lächelnd zu. Die Frau hingegen drehte sich mit einem strafenden Blick nochmal um und verschwand wortlos. Hatte ich etwas Falsches gesagt? Frauen sind aber auch manchmal etwas komisch.

Nach diesem Gespräch musste ich mich erstmal entspannen. Ich lehnte mich in Relaxposition zurück. Was hatte ich eben gesagt? Schnaps? Genau das brauchte ich jetzt. Ganz unten im verschließbaren Schreibtischfach hatte ich für Notfälle eine Flasche zwölfjährigen Jamaika-Rum zu stehen. Und das hier war ein Notfall. Vorsichtshalber blickte ich immer in Richtung Tür, während ich mir ein Schlückchen genehmigen wollte ...

***

Es klopfte, was bedeutete, dass es keinesfalls Gundula war. Ich ordnete meinen Platz schnell und beseitigte alle Spuren der Sünde. Vollkommen unerwartet für diese Uhrzeit erschien unsere neue aus Rumänien stammende Reinigungsfachkraft, Marilena Dumitrescu. Sie ist eine nette und durchaus ansehnliche Frau mittleren Alters, welche einem mit großer Wahrscheinlichkeit im Gedächtnis haften bleibt.

Frau Dumitrescu wirkt immer sehr gepflegt, benutzt aber an kosmetischen Produkten ausschließlich blauen Lidschatten und einen kirschroten Lippenstift. Ich erlebte sie in der kurzen Zeit ihrer Tätigkeit bei uns stets zuvorkommend und freundlich. Diesmal zeigte sie jedoch ein Lächeln, so wie ich es vorher bei ihr noch nie wahrgenommen habe.

Marilena Dumitrescu

Ich wollte sie gerade ansprechen, doch sie kam mir zuvor. Frau Dumitrescu spricht erstaunlicherweise nach dem erst dreimonatigen Aufenthalt in unserem Land beachtlich gut Deutsch. Nur mit der Grammatik geht sie etwas zu großzügig um und es gibt klitzekleine Verwerfungen.

„Liebe gute Herr Wiesenstein, wäre wirklich nötig doch nicht wesen, dennoch viele herzliche Dank. Heutzutage schenken man unsere Tätigkeit kaum noch das entsprechende Aufmerksamkeit. Aber Sie sind noch eines von die alte Schule, eines, das unsere Arbeit zu würdigen noch weiß."

Das musste ich erstmal verarbeiten. Ich schluckte mehrmals, aber dann tat ich das wohl einzig Richtige.

„Frau Dum…, äh Dumitrescu, das ist doch nicht der Rede wert. Ja, Sie haben so was von Recht. Es gibt viel zu viel Herzlosigkeit und Kaltschnäuzigkeit auf dieser Welt. Das wollte ich einfach mal ein wenig ausgleichen. Gerade Sie nehmen es mit Ihrer Arbeit wirklich sehr genau. Außerdem haben Sie ja auch zu knabbern."

„Ach Herr Wiesenstein, ich sehr gern knabbern, vor allem dunkle Schokolade mit Marzipan. Aber nicht ich jammern. Muss mich nur gut arr… arrangieren. Aber nochmals viele viele Dank."

Frau Dumitrescu verabschiedete sich mit einer leichten Verbeugung und winkte mir noch mal freundlich zu, bevor sie fast geräuschlos das Zimmer verließ. Im Nachhinein kam ich zu dem Schluss, heute etwas wirklich Schönes und Wichtiges geleistet zu haben. Außerdem war jetzt mein Gewissen so rein wie Quellwasser. Ich fühlte mich nach dieser edlen Tat überaus entspannt, entspannter noch als sonst – ich, der Samariter für die Ärmeren. Nun wollte ich mein eigentliches Vorhaben endlich in die Tat umsetzen und fasste ins untere Schreibtischfach. Dieser zwölfjährige Jamaika-Rum war jetzt genau das Richtige, jetzt noch viel mehr als sonst. Nur ein ganz kleines Schlückchen in Ehren.

***

Die neue Woche begann wieder wie gewöhnlich mit dem verdammten verhassten Montag. Dieser Tag ist der wohl längste Tag der Woche, denn er vergeht wirklich so was von langsam, dass einem alles vergeht.

Gundula sah das etwas anders. Sie steigerte sich heute in Hochform. Es war Tag der Abrechnung. Sie musste kontrollieren, ob auch alle weisungsgemäß ihren Beitrag für die Geburtstagsvorbereitung geleistet haben. Dazu rief sie alle Mitarbeiter nochmal bei sich zusammen. Ich konnte mich entspannt zurücklehnen, denn ich hatte meinen Anteil bereits mit Bravour gemeistert. Von den Eingeteilten hätte es auch niemand gewagt, die ihm übertragene Aufgabe auf die leichte Schulter zu nehmen oder gar unter den Tisch fallen zu lassen. Nur die Blumen waren noch offen. Ronald wurde angemahnt, diese morgen auch ja nicht zu vergessen.

„Und keine Rosen bitte! Die mag nämlich Annerose nicht. Dass mir morgen ja nichts schief geht! Und das geht alle an! Ich kann schließlich nicht alles alleine regeln. Und noch eins: Macht mir ja alle morgen ein dem würdigen Anlass entsprechend freundliches Gesicht. Wenn das Jubiläum von Annerose durch irgendwelche Unannehmlichkeiten gestört wird, könnt ihr euch frisch machen. Sie soll sich besonders an diesem Tag bei uns wohlfühlen und spüren, dass sie in ihrem Team von allen sehr geachtet wird."

Der letzte Satz kam nicht von ungefähr, denn Gundula war sich des Images von Annerose bei den meisten Mitarbeitern schon bewusst. Ob die Grollbaum von diesem ganzen Akt der Vorbereitung überhaupt etwas

mitbekam, ist stark zu bezweifeln. Lediglich ihre auf-
opferungsvolle umfassende Regiearbeit wird Gundula
der Jubilarin später mit hundertprozentiger Sicherheit
verklickern.

Die „Chefin" demonstriert überall mit Hingabe, dass
sie in unserem Team eigentlich vollkommen überlastet
ist. Dass sie bei diesem Stress noch nie zusammenge-
brochen ist, grenzt an ein Wunder. Bei aller Über-
spanntheit muss man Gundula Matzke eines jedoch
zugutehalten. Sie ist diejenige Mitarbeiterin mit den
wenigsten Fehltagen infolge Krankheit. Der Haupt-
grund dafür scheint jedoch zu sein, dass sie furchtbare
Angst hat, irgendetwas im Alltag des Teams zu verpas-
sen – allerdings nur die Angelegenheiten, welche keinen dienstlichen Hintergrund haben.

***

Die große Feier

Der große Tag war gekommen. Heute sollte eine andere Mittagspause angesagt sein als sonst. Gundula hatte den Ablauf des Festaktes wieder fest in die Hand genommen und das ganze Team außer der Jubilarin zu sich ins Zimmer beordert. Grunzbach hätte dieses, so wie fast jedes andere Jubiläum ohnehin vergessen. Ihm sind derartige Feiern sowieso zuwider, weshalb er sich bei solchen Anlässen auch immer zurückhält.

Die „Chefin" legte fest, dass der würdigen Form entsprechend alle geschlossen zu Annerose Grollbaum ins Zimmer zu marschieren haben. Sie hatte sich etwas aufgepeppt, das heißt, sie sah eigentlich aus wie immer. Nur heute zierte eine große weiße Lotosblüte aus Papier ihr Haar. Irgendwie sah sie damit dezent ausgedrückt ein wenig komisch aus. Gundula betrachtete sich hingegen vollkommen anders. Einige kicherten und grunzten über Gundulas Äußeres ganz leise vor sich hin. Das bekam sie aber in ihrem Machtrausch gar nicht mit. Im Augenblick lebte die Selbsternannte so richtig auf. Sie fühlte sich wieder als hervorstechende Lichtgestalt im Team.

Die „Chefin" erklärte allen nochmal detailliert den Ablauf und erteilte das Startsignal. Das gesamte Team setzte sich in Bewegung. Auf der Ziellinie hätte sich einem Fremden folgendes Bild geboten, als die Kolonne auf dem abgewinkelten Flur um die Ecke bog:

Zuerst wird Gundulas wippender Busen sichtbar. Einen Moment danach kommt die „Chefin" selbst um die Ecke stolziert. Wenige Meter dahinter schwenkt wertigkeitsbedingt der Teamleiter ein. Es folgt das Mittelfeld. Dazwischen ragt der Oberkörper von Wolfi deutlich heraus. Als Schlusslicht etwas abgeschlagen schlendert Ronald Pfeiffer, unser stellvertretender Teamleiter, der für solche künstlich aufgeblasenen Events auch nicht viel übrighat.

Gundula klopfte und Annerose rief monoton „Herein". In der bereits genannten Reihenfolge betraten alle den Raum und hielten überwältigt inne. Auf Anneroses Schreibtisch stand das Kalte Buffet – eine mittlere Plastschüssel mit Keksen. Einige wenige davon hatten sogar einen Schokoüberzug. Für Bedürftige standen noch zwei Tetra Paks Sojamilch und drei Mehrwegbecher dahinter. Auf dem Fußboden daneben befand sich ein Korb mit mehreren kleinen Flaschen. Es war Mineralwasser – still.

Schließlich waren alle versammelt. Gundula behielt es sich vor, laut ihrem vorbestimmten Protokoll die Festrede im Namen des Teams zu halten und den eingepackten mit einer riesigen roten Schleife umhüllten Milchaufschäumer plus Geldkuvert zu übergeben. Bernhardt Grunzbach durfte als Teamleiter die Blumen überreichen. Die „Chefin" trat nach vorn und hob den rechten Arm, um sich die notwendige Aufmerksamkeit zu verschaffen. Heute wirkte sie sogar etwas größer als sonst.

Ihren massiven Busen hatte sie durch die entsprechende Spannvorrichtung gut erkennbar in eine noch höhere Lage gebracht. Während sie sonst ohnehin immer souverän wirkt, demonstrierte sie heute ein Superlativ von

Macht. Ein Außenstehender wäre zu dem Schluss gekommen, hier steht die neue Bundesministerin für Finanzen. Annerose hingegen stand mit ausdruckslosem, jedoch selten entspanntem Gesicht gegenüber dem Team. Entspannt soll hier heißen, nicht so griesgrämig wie man sonst von ihr gewohnt ist.

Reden kann Gundula grandios, zumindest wenn es sich nicht um tiefgründige oder fachliche Dinge handelt. Deshalb war die Tatsache, dass sie die Festansprache hielt, so gut wie eine Gesetzmäßigkeit. Ihre Laudatio endete mit den fast überall ähnlichen bei Jubiläen vorgetragenen Sätzen: „Liebe Annerose, du bist ein wichtiger Bestandteil in unserem Team. Wir lieben dich alle. Nochmals alles Gute von uns und bleib vor allem wie du bist."

Nach Gundulas letzten Worten ging ein kaum hörbares Grunzen durch die Runde. Niemand wollte jedoch so taktlos sein und es wagen, die angemessene Würde dieses Tages zu stören oder Anneroses Leistung laut in Frage zu stellen. Gundula hätte gegen diejenigen zu einem Vernichtungsschlag ausgeholt. Da wäre niemand schadlos davongekommen. Das wussten alle.

Die Emotionen der Jubilarin schlugen offensichtlich Wogen, als sie sich ein kaum sichtbares Lächeln aufs Gesicht zauberte und in einem konstanten Tonfall erwiderte:

„Danke. Langt einfach ordentlich zu. Sind Bio-Kekse, nur mit Hirse und Dinkel gebacken. Und das Wasser ist nicht irgendeins, sondern dieses wurde bei Vollmond aus der Quelle gewonnen. Hat mir jedenfalls ein Mitarbeiter im Biomarkt versichert."

Die erste, welche die Worte wiederfand, war Gundula. Zumindest mit den Inhaltsstoffen der Kekse hatte Annerose sofort Gundulas Nerv getroffen. Die beiden haben schließlich ähnliche Ernährungsgewohnheiten. Die geschmackliche Note der Kekse galt es noch zu bewerten.

„Musste doch nicht sein, Annerose. Lieben Dank."

Annerose nickte mit leicht süßlichem Blick. Die anderen hingegen schauten etwas säuerlich vor sich hin. Einige wenige, die noch eine kleine Erwartungshaltung hatten, blickten etwas neutraler ins Leere. Ein paar Mutige gingen nach vorn zum Schreibtisch und langten zögerlich nach einem Keks. Entweder waren sie zu taktvoll oder sie befürchteten, sich mit diesen Plätzchen eventuell zu vergiften. Die Wahrheit lag wahrscheinlich irgendwo in der Mitte. Der Rest der Gruppe stand mit unveränderter Miene im Raum. Unerwartet löste sich unser Teamleiter heraus und ging nach vorn. Er übernahm die verantwortungsvolle Aufgabe der Zuteilung dieser kleinen Flaschen mit Vollmondwasser. Er musste genau aufpassen, dass er nicht jemandem aus Versehen gleich zwei in die Hand drückte. Die Verteilung gelang, nur war am Schluss für ihn keine mehr übrig. Er kaschierte das jedoch taktvoll, indem er sich schnell ins Mittelfeld zurückzog. Die Sojamilch streifte er nur mit einem verächtlichen Blick.

Komischerweise wollte heute nicht so die richtige Feierlaune aufkommen. Es machte sich sogar eine allgemeine Missstimmung im Team bemerkbar, ausgenommen Gundula, die schon ihren zweiten Biokeks mit ihrem Kauwerk zermalmte. Und ich dachte erst, heute kann man mal wieder so richtig die Sau rauslassen. Es war aber nur ein kleines Ferkel, welches sich nach zwei Schritten wieder hinlegte. Ich weiß ja, dass man auch nicht an allen Tagen gut drauf sein kann. Aber ganz offensichtlich schlug die verordnete üppige Biomahlzeit den meisten aufs Gemüt. Jetzt regten sich bei mir Zweifel, ob der Milchaufschäumer das richtige Geschenk war. Ich glaube nämlich nicht, dass dieses Ding mit Soja-Milch überhaupt funktioniert. Egal, die Grollbaum musste damit glücklich werden. Vielleicht hat sie dieses Gerät auch für einen anderen Verwendungszweck vorgesehen.

Der Event löste sich nach ungefähr zwanzig Minuten auf. Das war eigentlich auch dienstlich korrekt. Die Ausfallzeit im Amt war demzufolge auch nicht allzu hoch. Wiederum wäre heute eine Pausenüberziehung nicht ganz so kritisch gewesen, da kein Sprechtag war. Deshalb verschwendeten Wolfi und ich im Anschluss an diese Veranstaltung etwas kostbare Arbeitszeit, um der Kantine noch einen Besuch abzustatten. Mein Magen fragte mich laut knurrend, warum ich ihn heute Mittag so richtig verarscht habe.

„Lieber Magen, ich bin unschuldig! Ich habe für dich immerhin zwei dieser merkwürdigen Kekse ergattert, einen sogar mit Schokoüberzug. Sorry, mehr war nicht drin."

Mein Magen kam mir patzig und antwortete mit einem unüberhörbaren aufdringlichen Knurren.

***

Wolfi und ich vertilgten je eine Riesenboulette mit Salat und Pommes. Mein Magen knurrte danach nur noch einmal kurz, diesmal eher aus Dankbarkeit. Wir trafen die Absprache, dass Wolf Rüdiger anschließend aus bestimmten dienstlichen Gründen auf mein Dienstzimmer kommen muss. Ich begründete ihm dies damit, dass es Unstimmigkeiten bei ein paar steuerlichen Abrechnungen gäbe. Wolfi verstand mein Argument voll und ganz. Ich hatte ihm nämlich vorher von meinem aus meiner Sicht leckeren zwölfjährigen Jamaika-Rum in meinem Schreibtischfach erzählt und es bedurfte seiner Bestätigung, ob meine Behauptung auch wirklich stimmt.

Ich schloss meine Zimmertür vorsichtshalber von innen ab. Bei dieser Maßnahme ging es mir eigentlich nur um einen eventuellen Überfall von Gundula, was aber heute kaum passieren dürfte. Sie hatte uns kundgetan, dass sie noch eine Menge mit Annerose besprechen will. Die bekamen wir heute bestimmt nicht mehr zu sehen. Die anderen klopften sowieso immer an. Dennoch war ich mir gar nicht so sicher, ob die „Chefin" nicht auch gern mal einen mitgepichelt hätte. Das zu testen, wäre vielleicht gar nicht so abwegig. Zum jetzigen Zeitpunkt war dies jedoch aus Sicherheitsgründen für uns alle viel zu riskant. Also dann Prost Annerose! Man wird nur ein einziges Mal fünfzig!

An diesem Nachmittag ergab sich eine perfekte Konstellation von Rahmenbedingungen für eine kritische Bewertung meines Rums durch Wolfi. Erstens hatten wir keine Termine mit Hundebesitzern. Zweitens musste unser Teamleiter Bernhardt Grunzbach dringend mit seinem Rehpinscher Egbert von Rindelstein zum Tierarzt. Bei Egbert sollte ein Backenzahn extrahiert werden. Der Termin dafür war langfristig geplant. Drittens befand sich Sachgebietsleiter Berthold Fröhlich in einer Dienstkonferenz beim Amtsleiter Dietrich Rammstätten. Es war also der ideale Zeitpunkt für einen ausgiebigen Test meines Jamaika-Rums durch die verwöhnten Gaumen von Wolf Rüdiger. Dabei fühlte ich mich natürlich verpflichtet, ihn nicht allein im Regen stehen zu lassen. Es galt die geschmacklichen Feinheiten dieser Spirituose gemeinsam herauszuarbeiten.

Erwartungsgemäß wurde das wertvolle Zuckerrohrdestillat von ihm mit der höchsten Punktzahl bedacht. Um ganz sicher zu gehen, ob sein Urteil auch hieb- und stichfest ist, musste er so einen Testschluck noch einige Male wiederholen und durch mich praktisch wieder bestätigen lassen.

„Prost, Annerose! Man wird nur ein einziges Mal fünfzig. Mann, ist der gut. In meinem zweiten Leben werde ich Rumverkoster."

Zwischen zwei kräftigen Schlucken sinnierte ich etwas über das Leben nach und machte mir ganz komische Gedanken.

„Hmm …, Wolfi, sag mal, glaubst du eigentlich an so eine Dingsda …, äh Reinkarnation?"

„Nö."

Diese merkwürdige Hypothese verleitete mich weiter zum Nachdenken. Das waren Gedanken, welche man wirklich nur ab einer Mindestmenge Alkohol spinnen kann. In einem bin ich mir sicher: Gäbe es wirklich diese sogenannte Reinkarnation, dann würde das unseren Abgang mit dem Glauben an die Wiederkehr deutlich erleichtern. Das Dumme daran wäre nur, dass man es sich bestimmt nicht aussuchen könnte, in wessen Körper man beim nächsten Mal schlüpft und wie lange dieses Vergnügen dauert, wenn es dann überhaupt ein Vergnügen würde. Könnte man tatsächlich wählen, falls Mensch als Vorzug wegfällt, hätte man die Qual der Wahl, ob man als irgendein Insekt, Vogel, Dickhäuter, Einzeller und so weiter neu erscheint. Würde man die Priorität vorrangig auf eine extrem lange Lebenszeit legen, gäbe es eine ganz passable Variante, an welche garantiert noch keiner gedacht hat, es sei denn, er hat gerade eine ganze Pulle Rum getrunken:

Man wird zu Sauerteig – ein durchaus überlegenswertes Ziel. Dieser überlebt ja bekanntermaßen in den Backstuben viele Generationen. Auch wenn er immer ein Stück von sich abgeben muss, ist er de facto unsterblich, vorausgesetzt er wird immer gut gefüttert. Gehobene Ansprüche kann man als Sauerteig an das Leben jedoch nicht stellen. Der IQ liegt nahe bei null und mit dem Spaßfaktor ist es ebenfalls nicht allzu weit her. Aber es gibt auch noch Alternativen. Es wäre beispielsweise gar nicht so schlecht beim nächsten Mal als Schildkröte in Erscheinung zu treten, natürlich als richtig große Landschildkröte. Im Komplex betrachtet stellt sich die Reinkarnation in dieses Tier als äußerst vorteilhaft heraus. Es ist doch darauf gepfiffen, dass man im Schildkrötenkörper aus menschlicher Sicht nicht gerade dem gehobenen Schönheitsideal entspricht und obendrein noch einen dümmlichen Gesichtsausdruck aufweist. Dafür werden diese Nachteile durch andere Eigenschaften wieder wettgemacht. Eine Schildkröte wird niemals dick, obwohl sie ohne Ende fressen kann und sich dazu noch extrem sparsam bewegt. Zu guter Letzt wird sie auch noch steinalt. Und wenn ihr jemand dämlich kommt, steckt sie den Kopf einfach unter ihr uneinnehmbares Gehäuse. Diese Eigenschaften sind einfach genial. Daran wird wieder ersichtlich, wie ungerecht viele Dinge auf der Welt verteilt sind.

Anhand dieser wenigen Beispiele wurde mir bewusst, dass eine solche Entscheidungsfindung äußerst schwierig wäre – wenn man nur könnte. Sauerteig oder Schildkröte? Ach, ich nehme doch letzteres. Schluss jetzt damit. Wir sind noch im wahren Leben. Oder war ich schon mal da?

***

„Wolfi, in welchen anderen Körper würdest du vielleicht noch schlüpfen, wenn es diese Re… Reinkarnation tatsächlich geben würde.

„Landschildkröte."

„???"

Ich war fix und fertig. Jetzt wurde mir klar: Wir beide sind bestimmt Seelenverwandte. Ich brauchte dringend Nachschub in mein schon ausgetrocknetes Glas.

Nach einer Stunde schien das Ganze in den Leerlaufmodus zu kippen, denn in der Flasche war nur noch Luft. Wolfi schilderte daraufhin mit unkontrolliert im

Mund herumschlenkernder Zunge ein ernüchterndes Beispiel:

„Stell dir doch mal richtich vor, wenn beim ... *(kleiner Rülpser)* Fluchzeuch der Sprit ausgeht, was passiert dann ..., hicks? Na was schon ... Na Mensch, 's fällt runder – hicks ... Ey, iss das nich schlimm ..., hicks? Und mir beede wärn drinn ... ganz schlimm!"

„Wolfi, glaub's mir, wir beede fall'n nich runder. 'S gibt noch 'ne Reddung. Mir ham' noch Sprit."

Für alle Fälle, falls ganz schwere Zeiten über uns hereinbrechen sollten, hatte ich im Aktenschrank ganz oben hinter den Ordnern vom Vorjahr noch eine Reserveflasche deponiert. Die holte ich hervor. Mein Kumpel brauchte einen Moment, um die neue Lage zu erfassen. Nach kurzer Schaltpause bekam er vor Freude ganz feuchte Augen und umarmte mich heftig.

„Margo, du Guder du, mir sin geredded ..., hicks."

Bis zu diesem Zeitpunkt war ich noch im Hintertreffen bei der Verkostung. Wolfi nahm es mit dem Testen nochmal ganz genau, denn er wollte ja kein falsches Urteil abgeben. Da hatte er seinen Stolz. Bei der zweiten Flasche holte ich wieder etwas auf. Wir lagen uns mehrfach in den Armen und waren mit uns und der Welt zunehmend zufrieden.

Es gelang uns zu später Stunde, wie, weiß ich nicht mehr genau, mit gegenseitiger Hilfe das hiesige Gebäude zu verlassen.

Außer im Treppenhaus brannte nirgendwo noch Licht. Das heißt, wir beide waren die Letzten. Wir hatten heute ordentlich viele Überstunden geleistet. Auf halber Treppe begegneten uns urplötzlich zwei Leute vom Wachschutz, die uns kritisch beäugten. Ich hielt mich am Treppengeländer fest und schaute nach oben, während Wolfi sich betreffs Körperhaltung mit aller Macht zusammenriss und laut rief: „Schön guten Abend. Leute, seid froh, dass ihr diesen bürokratischen Scheiß nich am Halse habt. Wir mussten nämlich noch Statat…, tistiken eingeben. Davon macht ihr euch kein Bild von, niemals nich."

„Is' auch 'ne Scheiß-Bürokratie!", ergänzte ich.

„Sie haben's auch wirklich nicht leicht. Ständig diese Überstunden, und danken tut's Ihnen keiner. Na, dann einen verdienten Feierabend."

„Wir woll'n uns ja nich beklagen – hicks. Das Amt fordert nun mal sein Tribut."

„Geht's Ihnen gut? Sie sehen ja fix und fertig aus."

„Na ja, geht grade so. Jeden Tag würden mir das nich durchsteh'n. Dann hätt'n mir Burnout - hicks. Euch 'n schönen Dienst noch."

Mit letzter Kraft bemühten wir uns um einen aufrechten Gang – offensichtlich mit Erfolg.

Aus Verdächtigen wurden wir noch Helden. So entwickelte sich aus der tristen ersten Tageshälfte mit der verkrampften Geburtstagsfete, bestehend aus Bio-Keksen, Vollmondwasser, Sojamilch und dummen Gesichtern, noch ein richtig schöner Tag. Wir beide befanden uns auf einer Riesenwoge des Glücks!

Am nächsten Morgen musste ich mit Bitternis zur Kenntnis nehmen, dass im Laufe der Nacht diese Woge ins Gegenteil schwappte, aber so was von Gegenteil!

***

Verdammter Mittwoch

Der nächste Morgen, ein Mittwoch, war einfach nur Schei... Mühsam schleppte ich mich ins Zimmer. Meinen Zustand zu beschreiben, würde jetzt den Rahmen sprengen. Es war wirklich grausam. Ich saß eine Weile regungslos auf meinem Hightech-Stuhl. Trotz dessen Relaxposition hatte mein Zustand nicht im Geringsten etwas mit Relaxen zu tun.

Die Tür sprang auf und Gundula stürmte herein. Genau das hatte ich an diesem Mittwochmorgen gebraucht. Das war so etwas wie Opium für meine Seele. Zum Glück verfügte ich gestern Abend noch über einen Rest von Reaktionsfähigkeit, als mir eine innere Stimme zuflüsterte: „Verstecke die leeren Rum-Pullen!"

„Riecht aber komisch bei dir, so wie irgendein Lösungsmittel."

„Keine Ahnung. Bestimmt ein Reinigungsmittel von Frau Dumitrescu. Die nimmt es immer sehr genau."

Gundula ließ sich zum Glück damit abspeisen. Der eigentliche Grund ihres Besuchs bestand aber nicht darin, meinen Rum zu beleidigen, sondern um mir eine vermeintlich frohe Botschaft zu übermitteln:

„Die Bio-Kekse gestern waren ja lecker. Wenn du willst, kannst du nochmal zu Annerose gehen. Sind noch Kekse übrig. Nur die mit Schoko sind leider alle. Wer zuerst kommt, malt zuerst. War nur so 'n Tipp."

„Is gut."

„Was guckst du denn so griesgrämig? War dir wohl doch nicht fein genug gestern?"

„Nein, war okay. War sogar sehr gut. Aber solche ausufernden Exzesse vertrage ich nicht mehr so oft. Man wird ja schließlich älter."

Gundula schaute mich etwas entgeistert an, woraus ich schließen konnte, dass sie meine bissige Bemerkung gar nicht verstanden hatte. Ironie und Sarkasmus versteht sie so gut wie nie, was wahrscheinlich ihrer Egozentrik zuzuschreiben ist. Ich war ohnehin auf Gundula jetzt etwas sauer, weil sie meinen zwölfjährigen Jamaika-Rum einfach so mit Lösungsmittel verglichen hat.

„Es ist wieder mal wie immer. Man reißt sich den Arsch auf und gibt klare Anweisungen. Und dann wird doch nicht richtig hingehört. Ich habe Ronald ausdrücklich angewiesen, dass in dem Strauß keine Rose zu sein hat. Und was hat der gemacht, dieser Knaller? Er hat sich sogar zwei davon mit einbinden lassen, dieser Penner. Habe es leider nicht rechtzeitig gesehen. Wenn man nicht alles selber macht!"

„Ronald hat nun mal nicht so viel Ahnung von Blumen. Der ist eher PC-Experte. Hättest ihm ein Foto von 'ner Rose mitgeben sollen."

„Was für'n Experte ist der? Rede doch keinen Mist! Das nächste Mal wirst DU die Blumen besorgen. Vielleicht klappt's dann."

Kopfschüttelnd stampfte Gundula durch die Zimmertür und knallte sie hinter sich zu. Ich überlegte, wie lange es wohl bis zum nächsten Jubiläum dauert, wenn ich die an mich gerichtete Drohung dann in die Tat umsetzen muss. Meine Laune konnte sich ja nicht verbessern unter diesen Umständen. Scheiß-Mittwoch! Ich betete mit gefalteten Händen, was ich sonst nie tat. Gott möge verhindern, dass ich heute von irgendwelchen Besuchern, Hunden und einem nochmaligen Besuch von Gundula verschont bleibe. Ich griff in die untere Schublade meines Schreibtisches, wo sich für eine Situation wie heute auch eine Schachtel Aspirin befand. Ich nahm zwei. Nach einer Weile hatte ich den Eindruck, Aspirin ist doch nur ein sinnloses Placebo-Präparat.

Krampfhaft suchte ich einen bestimmten Ordner. Nach einer halben Stunde ergebnislosen Suchens kam mir ganz vage die Idee, dass er noch bei Wolfi im Zimmer sein könnte. Also machte ich mich auf den schwierigen Weg. Bei jedem Schritt hatte ich das Gefühl, eine Stahlkugel schlägt von innen gegen die Schädelwand. Unter Qualen kam ich bei Wolfi an. Ich klopfte und rief gleich hinterher: „Ich bin's." Demzufolge konnte er seinen Hightech-Stuhl gegebenenfalls in der Relaxposition belassen. Als ich Wolfi erblickte, richtete mich das wieder etwas auf. Er machte den Eindruck, sterben zu müssen.

„Was is?", tönte es leise von der Schreibtischplatte. Zwischen dieser und Wolfis Kopf lag ein zerknautschtes Handtuch.

Ich wandte meine ganze Kraft auf, um ihn zu trösten: „Morgen hast du es überstanden, versprochen."

Dann hielt ich inne. Ich begann angestrengt zu überlegen, warum ich den schweren schmerzhaften Weg zu Wolfi eigentlich angetreten hatte. Nun sagt ein Sprichwort sinngemäß:

Wenn du vergessen hast, was du tun wolltest, dann gehe einfach an den Ausgangspunkt zurück, an dem der Gedanke dafür geboren wurde. Danach setzt die Erinnerung ein (meistens jedenfalls).

Ich überlegte nochmal angestrengt – nichts. Also hatte ich keine Wahl und musste die beschwerliche Strecke zurück absolvieren.

„Wolfi, bin in Kürze wieder da."

Bewusst unterließ ich die Präzisierung, was unter *Kürze* zu verstehen ist. Also machte ich mich wieder auf den strapaziösen steinigen Jakobsweg ..., und kam sogar nach geraumer Zeit an. Unter Aufbietung der letzten Energiereserven erreichte ich mein Zimmer. Aber schlimmer geht immer. Jetzt wusste ich nicht mal mehr, warum ich unter Qualen von Wolfi hierher zurückgelaufen bin. Verzweifelt ließ ich mich in meinen Stuhl fallen. Mühevoll versuchte ich einen hilfreichen Gedanken aus meiner demolierten Schaltzentrale abzurufen - vergeblich. Stattdessen krachte diese dämliche Stahlkugel wieder gegen die innere Schädelwand.

Ich fluchte auf mich, auf das Lösungsmittel und auf die ganze beschissene Welt. Ich war jetzt zu nichts mehr fähig.

„Alexa, bin fertig. Brauche Eis für den Kopf!"

„Ich habe dich nicht verstanden. Formuliere neu."

„Alexa, du bist blöd."

„Das ist aber nicht nett von dir."

„Still, du dumme Kuh!"

„Das ist aber nicht nett von dir."

Dieser Mittwoch hätte bedenkenlos aus meinem Leben gestrichen werden können, selbst auf die Gefahr, dass sogar zwei Tage von meinem irdischen Dasein abgezogen würden. Ich war so richtig angepisst.

Die Tür sprang auf und Gundula kam hereingestürmt: „Du müsstest mal bis morgen …"

„Schnauze! Verpfeif dich und mach die Tür von draußen zu."

Dieses Mal war mir der Kragen geplatzt und es hatte Wirkung. So etwas war Gundula Matzke in ihrer gesamten Dienstzeit im Sachgebiet Hundesteuer wahrscheinlich noch nie passiert. Dementsprechend lang war ihre Reaktionszeit. Sie dauerte drei Sekunden. Dann verlor auch sie die Beherrschung.

„Sag mal, hat dir einer ins Gehirn geschissen? Wie redest du denn mit mir? Dieses Ding ist noch nicht ausgestanden. So nicht! Nicht mit mir!"

Ins Gehirn geschissen …, war nicht nur vulgär, sondern traf auch nicht den Grund meines Unwohlseins.
Es war ja das Lösungsmittel …, äh Rum. Aber richtig betrachtet ist das Wort *Lösungsmittel* gar nicht so falsch. Man hat wirklich das Gefühl, dass dieses Mittel Probleme löst – aber eben nur vorübergehend.

„Gundula, hab jetzt keinen Bock auf dein blödes Gelaber. Verpiss dich!"

Die Tür krachte zu, aber bedeutend lauter als sonst üblich.

***

Der nächste Morgen sah schon wieder etwas rosiger aus, bis das Telefon klingelte. Geht doch die Tretmühle schon wieder los. Ich ließ es fünfmal läuten. Da dieses

Geräusch mit der Zeit jedoch nervend ist, drückte ich schließlich die Annahmetaste.

„Hier Grunzbach. Wiesenstein, kommen Sie mal zu mir rüber, und zwar sofort!"

Ich wollte noch antworten, doch der Teamleiter hatte bereits aufgelegt. Genau das war der Anfang für eine optimale Motivation an einem Morgen, an dem die Flut von Arbeit noch bevorsteht. Große Angst vor dieser unfreiwilligen Audienz bei meinem Team-Guru verspürte ich dennoch nicht. Mittlerweile hatte ich mir auch den Lotusblumen-Effekt von Wolfi schon etwas zu eigen gemacht. Ich dachte schnell nach. Ist mir vielleicht doch irgendwo ein Fehler unterlaufen? Es könnte aber auch sein, dass er mir widerwillig meine neue Besoldungsgruppe mit würgender Stimme pflichtgemäß mitteilt.

Ich klopfte. Sekunden vergingen. Dann Grunzbachs laute Stimme: „Herein!"

„Setzen Sie sich." Das klang jedenfalls nicht würgend. Also fiel meine letzte Vermutung ganz bestimmt flach.

„Was gibt mir die Ehre, dass ich zu Ihnen in die heiligen Hallen kommen darf?"

Grunzbach holte tief Luft.

Bernhardt Grunzbach

„Wiesenstein, lassen Sie Ihre dumme schwulstige Bemerkung einfach weg. Es gibt einen Vorfall."

„Das ist ja spannend. Habe noch gar nichts davon mitbekommen. Ich lasse mich aber gern überraschen."

„Wiesenstein …, SIE sind der Vorfall! SIE!"

Grunzbach runzelte die Stirn und hob die linke Hand, ein deutliches Zeichen, dass er über den nächsten Satz nachdachte. An dieser Stelle war es empfehlenswert, ihn nicht zu unterbrechen. Die Hand ging herunter.

„Wiesenstein, Sie haben für eine Verstimmung im Team gesorgt."

Das ist aber komisch. Wieso sollte ich das getan haben? Für diese Aufgabe ist doch nur Grunzbach zuständig. Jetzt war sein Denkprozess offenbar abgeschlossen und er begann polternd den Sachverhalt für den vermeintlichen Stimmungseinbruch hervorzustoßen.

„Wiesenstein, mir ist zu Ohren gekommen, dass Sie sich unserer Mitarbeiterin, Frau Matzke, gegenüber flegelhaft benommen haben. Sie bekam daraufhin einen Nervenzusammenbruch und musste sich dann in ihrer Verzweiflung jemandem im Team anvertrauen. Wer, spielt keine Rolle. So ein rüpelhaftes abstoßendes Verhalten verbitte ich mir, verstanden!"

Jetzt wusste ich, worum es ging, und wem Gundula sich anvertraute. Es war Annerose Grollbaum, diese verbiesterte Schnepfe, welche aus meiner jetzigen Sicht zu dem obskuren Personenkreis zählt, den die Welt nicht unbedingt braucht. Mir wurde sofort klar, dass diese umgehend nach Gundulas Klagelied zum Teamleiter gerannt ist und es mit entsprechenden Worten ausgeschmückt hat.

„Also ich sehe überhaupt keinen Grund für die ganze Aufregung. Was soll ich denn Unfeines gesagt haben?"

„Unfein? Unfein? Nee, schlimmer. Sie sind ordinär geworden. Ersparen Sie mir, dass ich jetzt Details wiederhole!"

„Also Frau Matzke ist meines Erachtens etwas zu zimperlich." (Dafür war sie jedoch gar nicht zimperlich bei der Bemerkung *ins Gehirn geschissen*.)

„Wiesenstein, unsere Frau Matzke ist eine allseitig geachtete Mitarbeiterin, ohne die wir manchmal ganz schön aufgeschmissen wären. Das müssten Sie doch wohl wissen."

Wenn der wüsste, was ich alles weiß. Diese verdammte Gundula. Ich bin im argen Zweifel, ob die so gepetzt hätte, wenn jemand sie mal wieder ordentlich von hinten über den Schreibtisch …

„Tut mir natürlich leid, wenn ich Frau Matzkes zarte Seele mit irgendwelchen imaginären Bemerkungen verletzt haben sollte. Diese Frau ist wirklich großartig. Die ist hier völlig überqualifiziert. Eigentlich müsste sie schon Sachgebietsleiter sein."

Ich hatte den Eindruck, dass Grunzbach beim letzten Satz zusammenzuckte und ein wenig das Gesicht verzog. Doch er fasste sich schnell wieder und beugte sich weit über den Schreibtisch.

„Wiesenstein, wenn mir wieder zu Ohren kommt, dass Sie den sozialen Frieden in meinem Team stören, gibt's ne Abmahnung. Und jetzt ist Schluss! Ich ertrage Ihren ständigen Zynismus nicht mehr. Rauuus!"

Beim letzten Wort überschlug sich seine Stimme wie beim Stimmbruch eines pubertierenden Jungen.

Da hatte sich Grunzbach, dieser Stinkstiefel, mal wieder richtig ausgelassen. Ich hatte das ungute Gefühl, dass infolge seiner Standpauke eine höhere Besoldungsgruppe für mich wieder in weite Ferne gerückt sein könnte. Bestimmt gäbe es jedoch auch mal die Möglichkeit, mit Wolfis Hilfe die Verfehlungen von Grunzbach bei passender Gelegenheit unserem Sachgebietsleiter mal unterzujubeln. Dafür ließ sich ohne große Mühe eine Menge aufzählen. Grunzbach hatte bisher riesiges Glück, dass er noch nicht über einen Stein gestolpert ist, der ihn zu Fall gebracht hätte. Grunzbachs Stand beim Sachgebietsleiter war ohnehin alles andere als gut. Ich glaube, dass dieser ihn liebend gern schon lange in die Wüste geschickt hätte. Fröhlich konnte jedoch auch nicht so wie er wollte. Die allgemeine Personalsituation würde einen Abschuss unseres Teamleiters im Augenblick gar nicht zulassen. Und Wolfi ist auch nicht der Typ, welcher Anderen vernichtende Fallen aufstellt.

In diesem Punkt sind wir beide uns im Wesentlichen einig. Vernichten will ich eigentlich auch niemanden. Bei Grunzbach würde ein Streifschuss reichen. Ich habe mit der Zeit etwas erkannt: Man muss in unserem Amt stets die Schwachpunkte anderer erkennen, sie komplex vernetzen und unauffällig ein wenig für den eigenen Vorteil nutzen. Für diese entsprechende geschickte Koordination habe ich mich im Laufe der Zeit ganz gut qualifiziert.

Auf dem Rückweg begegnete mir im Flur ausgerechnet Gundula. Wir hatten uns heute noch nicht gesehen, was um diese Zeit (es war elf Uhr), eine große Seltenheit ist.

Nach Grunzbachs Moralpredigt wurde mir der Grund dafür auch klar. Als sie mit mir fast auf gleicher Höhe war, konnte ich so etwas Hämisches und Triumphierendes aus ihren Augen lesen. Wie hatte sie mir kurz vor ihrem Abgang aus meinem Zimmer gesagt: „... *Mit mir nicht!*" Ja, liebe Gundula, am Schluss wird abgerechnet, nicht jetzt, aber später. Es war mir ein gefundenes Fressen, betont freundlich die zutiefst gekränkte Frau zu grüßen: „Hallo Gundula, ist das heute nicht ein fantastischer Tag? Wenn sie doch nur alle so wären." Leise pfiff ich ein Lied vor mich hin: „So ein Tag, so wunderschön wie heute ..." Gundula wirkte jetzt vollkommen irritiert. Vor Schreck vergaß sie zurückzugrüßen.

Grunzbach war heute richtig eklig. Dieser Sülzkopf hatte es doch mit seiner typisch arroganten Art tatsächlich geschafft, mir den Tag zu versauen. Der Lotosblumen-Effekt wollte dieses Mal nicht so richtig funktionieren. Jetzt hieß es erst einmal Abreagieren. Ich lief in mein Zimmer und griff nach dem Entspannungsordner.

Dieser von mir so getaufte Ordner, in dem sich nur unwichtige Kopien befinden, erfüllt eine wichtige Funktion. Wenn man mal ordentlich gestresst ist oder etwas Ablenkung von der tristen Schreibtischarbeit benötigt, klemmt man sich diesen unter den Arm und läuft damit zügig durch die Gänge, egal mit welchem Ziel. Das wirkt äußerst entspannend. Damit simuliert man sogar der Umwelt Fleiß und Geschäftigkeit. Selbst wenn man diesen Ordner mal irgendwo liegen lässt, hätte das aufgrund seines belanglosen Inhalts kaum schwerwiegende Folgen. Falls einem auf dem Weg durch die Flure Mitarbeiter begegnen, empfiehlt es sich, mit den Fingerspitzen der freien Hand zusätzlich an die leicht gesenkte Stirn zu fassen, um dem Gegenüber das Durchdenken schwerer fachliche Probleme zu suggerieren. Wenn keine zwingenden Gründe vorliegen, lassen einen die über den Weg laufenden Kollegen in der Regel weitestgehend in Ruhe, da sie befürchten müssen, mit in die Problematik hineingezogen zu werden. Das wollen die wenigsten. Ich kann diese Entspannungs- und Regenerierungsmethode nur wärmstens weiterempfehlen. Ein Ordner dient zur Entspannung. Aus diesem Blickwinkel hat das garantiert noch niemand betrachtet. Ein Glück, dass wir solche Dinger noch haben.

Hier ist anzumerken, dass in unserem Amt trotz elektronischer Erfassung von Daten auf Weisung von Amtsleiter Rammstätten überdurchschnittlich vieles in ganz konventioneller Weise auf Papier abgespeichert und in Ordnern gesammelt wird. Er meinte einmal, „Wir sind auf alles vorbereitet. Falls mal ein hochenergetischer Blitz aus dem All unsere Erde trifft, sind zwar alle Daten auf den Zentralservern vernichtet, aber in unseren Ordnern ist alles noch vorhanden."

Wie weitsichtig unser Amtsleiter doch ist. Nun stelle man sich einmal vor, was passiert, wenn tatsächlich ein sogenannter Gammablitz unsere Erde treffen sollte, der uns Menschen gerade noch verschont, aber jegliche Halbleitertechnik zerstört, verbunden mit dem Totalausfall von Computern (und damit auch Energie- und Wasserversorgung, Fahrzeugtechnik und Funktechnik usw.). Das würde den Exitus der menschlichen Zivilisation bedeuten. Gleichzeitig wären auch die Identitäten aller Menschen ausgelöscht. Doch etwas Bedeutsames bliebe erhalten:

In einem Finanzamt eines Stadtbezirks einer Großstadt Deutschlands wären bestimmte Steuerdaten immer noch vorhanden, nämlich die der Hunde. Es wäre also doch nicht alles verloren. Einfach genial, unser Rammstätten.

Aber warum zerbreche ich mir eigentlich darüber den Kopf. Die Besoldungsgruppen vom Amtsleiter und mir sind voneinander galaktisch weit entfernt, so weit entfernt von einer Stelle, von welcher möglicherweise der Gammablitz stammt und ... mit allerhöchster Wahrscheinlichkeit weit an der Erde vorbeischießt.

***

Auf dem Flur-Entspannungslauf mit meinem Ordner begegnete mir diesmal nur Elvira, wobei ich rechtzeitig eine sehr nachdenkliche Miene aufsetzte. Sie grüßte mich mit einem freundlichen, aber sehr bedauernden Gesichtsausdruck und lief schnell weiter. Der Spaziergang durch unser Amt brachte mich wieder auf ein vertretbares psychisches Label. Damit verbesserte sich meine Laune wieder deutlich. Jetzt war ich fast wieder der Alte. In meinem Dienstzimmer angekommen verspürte ich wider Erwarten den Drang noch etwas Ordentliches zu leisten. In einem unerklärlichen Schub von Pflichtbewusstsein, trug ich noch einige aufgestaute Neuanmeldungen und Abgänge in die Hundesteuer-Datei ein. Viel mehr bekam ich aber nicht mehr auf die Reihe. Irgendwie ging mir die Arbeit heute nicht so richtig von der Hand. Ich konnte beim besten Willen nicht so schindern wie sonst. Am liebsten hätte ich für den Rest des Tages blau gemacht.

Dazu kann ich übrigens noch eine Empfehlung geben. Mitarbeiter, welche regelmäßig, aus welchen Gründen auch immer, viele Fehltage zu verzeichnen haben, sollten zwecks Kaschierung ihrer übertriebenen

Arbeitswut auf die richtige Verhaltensweise achten. Sie sollten sich während ihrer sparsamen Anwesenheit grundsätzlich unauffällig verhalten, das heißt, sich von anderen Mitarbeitern möglichst fernhalten. Kollegen, die man sowieso selten zu Gesicht bekommt, vermisst man auch kaum. Falls hingegen Gundula mal fehlt, dann fällt das allen auf. Ihre Anwesenheit ist wie Krieg mit ständigem Dauerfeuer. Ein Tag Waffenruhe bleibt einem sofort im Gedächtnis haften.

***

Der neue Kampfhund

Ein dummer Zufall führte zu Verärgerung mancher Hundebesitzer einerseits, und zu Mehrarbeit für unser Sachgebiet andererseits.

An einem nebligen Freitagmorgen kollidierte ein sehr großes Tier mit einem kleinen, wobei es sich bei dem ersteren um keinen Hund, sondern um den Innenminister Ruprecht Pofinger handelte. Dieser war beim Joggen im Park in Gedanken versunken über einen Pudel gestolpert, der gerade sein Geschäft verrichtete. Der Bodyguard des hohen Tiers konnte das Dilemma leider nicht verhindern, da er selbst vom Harndrang geplagt hinter einem Baum stand. So nahm das Unheil seinen Lauf. Der kleine Hund, welcher diese Kollision instinktiv als Angriff deutete, zeigte nicht den geringsten Respekt gegenüber dem hohen Politiker und biss ihm blitzartig in die Wade. Gleich danach rannte das Tier in ein Gebüsch, als wenn es geahnt hätte, welch Ungemach es vielleicht soeben heraufbeschworen hat. Der Hundehalter hatte sich wohlweislich ebenfalls aus dem Staub gemacht. Die Aktivitäten des Bodyguards liefen ins Leere trotz Hinzuziehen von weiteren Sicherheitsbeamten.

Dieses schmerzhafte Ereignis brachte Pofinger so auf die Palme, dass er kraft seines Amtes kurzerhand diese Hunderasse in die Kategorie Kampfhund einstufen ließ. Die verärgerten Bürger, welche so ein Tier besitzen, wurden wie überall im Lande auch in unserem Amt nach der schriftlichen Information vorstellig.

Nehmen wir mal an, besagter „geschäftsverrichtende" Hund wäre ein Chihuahua gewesen, dann stünde jetzt diese Rasse statt des Pudels auf dem Gefährdungsindex. Kühle Rechner im Innenministerium, welche manchmal nur dafür bezahlt werden, gedankenlos den Rotstift unabhängig von Sinnhaftigkeit anzusetzen, hätten daraufhin mit hoher Wahrscheinlichkeit eine neue Einsparungsmaßnahme entdeckt und umgehend dieses Hündchen als Diensthund bei der Polizei für die Verbrecherjagd vorgeschlagen. Es ist ja unbestreitbar, dass die Unterhaltskosten für einen Chihuahua im Vergleich zu einem Schäferhund weitaus geringer sind. Ich glaube, Pofinger würde diesen Beschluss sogar unterzeichnen. Der unterzeichnet fast jedes Papier, das zu Einsparungen führt. Jetzt erst einmal ging es dem Pudel an den Kragen. Die Erbsenzähler im Finanzministerium klatschten natürlich Beifall über den neu hinzugekommenen warmen Regen.

***

In den folgen Tagen musste ich Hetztiraden und Beleidigungen von Pudelbesitzern in vielfältigen Formen über mich ergehen lassen. Meine Beschwichtigungsversuche erforderten eine äußerst vorsichtige und taktisch kluge Vorgehensweise. Ich musste einerseits mein Verständnis gegenüber den Bürgern zum Ausdruck bringen, durfte aber andererseits meinen Oberguru, den Finanzminister, und erst recht den Innenminister auf keinen Fall mit Dreck bewerfen. Schließlich bin ich treuer Staatsdiener und ein solches Amt erfordert einen klaren Kopf und Taktgefühl. Es muss mir dennoch ganz gut gelungen sein, diese schmale Gratwanderung zu bestehen, denn ich wurde bisher von keinem Hirten und Oberhirten unserer Herde diesbezüglich in die Schranken gewiesen. Außer einem blau geschlagenen Auge durch ein Alphatier und zwei Hundebissen durch je einen Pudel, die mich aus unerfindlichen Gründen als Feind betrachteten, habe ich diese Zeit ganz gut überstanden. Dieses ganze Theater endete schlagartig, als auf höchster Ebene dieser blödsinnige Beschluss nach einem Monat gekippt wurde. Ob dafür der Hintergrund von Bedeutung war, dass der Wirtschaftsminister zwei Pudel besitzt, konnte nicht bewiesen werden. Zumindest fand im Landtag ein heftiger Schlagabtausch statt. Die Opposition fragte den Innenminister, ob seine totale biologische Unkenntnis eventuell mit dem Abbruch seines Realschulbesuches zu tun hätte. Die Abgeordneten seiner Fraktion wollten weisungsgemäß parteilinientreu den eigenen Beschluss unter allen Umständen aufrechterhalten und brüllten dazwischen. Die andere Frage von einem Abgeordneten der Opposition, ob der Minister eventuell zu lange in der Sonne gestanden hat, wurde mit Buh-Rufen seiner Höflinge beantwortet.

Eine darauffolgende Abstimmung im Landtag, brachte diese fragwürdige Gesetzesänderung letztendlich wieder zu Fall.

***

Am letzten Tag dieser merkwürdigen Kampfpudel-Aktion betrat ein Ehepaar aufgeregt mein Zimmer, aber eigentlich aus einem ganz anderen Grund. An beiden war die Steuererhöhung für ihren Liebling offenbar vorbeigerauscht.

„Schön guten Tag. Mein Name ist Lohwasser und das ist meine Frau. Und das ist …" Herr Lohwasser machte kurz Pause und hielt eine Hundeleine hoch. Dann sprach er mit gebrochener leiser Stimme: „Unsere Pudelhündin Elfi ist weggekommen, einfach so weg, in Luft aufgelöst."

„Das kann eigentlich nicht sein. Auf unserer Erde kommt nichts weg. Die Dame ist höchstens woanders."

„Die Frau hängte sich ins Gespräch: „Das ist ein schwacher Trost. Wir hätten nur gern gewusst, WO das woanders ist."

„Nun, wie lange ist denn Ihre Elfi schon weg?"

Der Mann: „Eine gute Woche."

Die Frau: „Ganz genau neun Tage und sechs Stunden."

„Wenn ich aus meiner Erfahrung sprechen darf, dann ist das für eine davongelaufene Frau nicht viel. Wenn man wiederum auf sie wartet, dann ist es natürlich eine endlos lange Zeit."

Ich blickte in verständnislose Gesichter.

„Äh, sorry. Ich kenne natürlich Ihren Hund nicht."

Die Frau: „Hündin! Das ist ein großer Unterschied."

„Aber klar. Hatte mich nur versprochen. Aber statistisch gesehen laufen Frauen sowieso häufiger davon."

Die Blicke der Frau wurden jetzt richtig bissig. Mein feiner Instinkt sagte mir, dass ich mich jetzt um

Kopf und Kragen reden könnte. Ich musste mich kurz sammeln.

„Sagen Sie mir doch mal, wie ich Ihnen denn nun weiterhelfen soll."

Der Mann mischte sich wieder ein:

„Wenn Elfi nun nicht wiederkommt, dann brauchen wir doch vielleicht auch keine Steuer mehr für sie zu bezahlen, oder?"

„Stimmt. Das erleichtert sozusagen Ihre Haushaltkasse ganz beachtlich. Aaaber, wenn sie doch wiederkommt, dann schlägt der Fiskus richtig zu. Ihre Elfi wird nämlich ab jetzt als Kampfhund bedeutend höher eingestuft. Da müssen 'se bissl mehr Kohle locker machen. Beschluss von ganz oben. Wollen Sie denn unter diesen Gegebenheiten ihre Elfi überhaupt wiederhaben?"

Der beherrschte Mann: „Kampfhund? Das ist doch wohl 'ne Frechheit. Wer hat denn diesen Blödsinn angeordnet? Wieviel kostet uns das denn mehr?"

Die Frau fing an zu weinen.

„Grob gesagt, das gute Doppelte."

Die Frau weinte jetzt herzzerreißend. Ich reichte ihr das für solche Fälle bereitliegende Taschentuch vom Stapel. Die Frau schnäuzte sich ausgiebig und meinte dann zu meiner Überraschung: „Wir würden sogar das Dreifache zahlen, wenn Elfi nur wieder käme."

„Aber hallo, das hätte mal unser Finanzminister wissen müssen."

Meine Bemerkung bewirkte zumindest, dass die Frau zu weinen aufhörte. Dennoch konnten beide nicht so richtig einen Zusammenhang zu ihrer Elfi herstellen. Ist vielleicht auch gut so.

„Ich mache Ihnen mal folgenden Vorschlag: Wenn Ihre Elfi innerhalb der nächsten vier Wochen nicht zurückkehrt, melden Sie sich nochmals. Vielleicht hat sie sich bis dahin ausgetobt, vorausgesetzt, man hat sie nicht schon platt gemacht, wenn Sie wissen, was ich meine."

„Wie bitte?"

„Na ich kenne da so einen Fall mit einem Traktor ... Aber nein, wollen wir mal nicht den Teufel an die Wand malen. Wenn Ihr Hund, sorry, Hündin jedoch für länger als einen Monat wegbleibt, dann gilt sie von uns als abgeschrieben. Dann werden wir nach einer eidesstattlichen Erklärung Ihrerseits jede weitere Steuerforderung stornieren. Und da sich eine Einstufung als Kampfhund dann ohnehin erübrigt, hätten Sie sogar doppelt gespart. Dafür kann sich die Dame einen neuen Fummel kaufen. Ist doch super, oder?"

Die Frau nickte bitterlich weinend. Der Mann nickte ebenfalls, wobei sich seine Augen aber nur leicht befeuchteten. Er wirkte äußerst nachdenklich. Beide verabschiedeten sich wider Erwarten ausgesprochen höflich. Daran sieht man wieder einmal, dass sich Freundlichkeit und Taktgefühl auszahlen. Hier wurde dennoch deutlich, dass Männer bei der Bewertung von schwierigen Situationen in den meisten Fällen etwas rationaler und nicht so emotional überreagieren wie Frauen.

Meine Tätigkeit danach verlief infolge der Annullierung der zweifelhaften gesetzlichen Anordnung wieder etwas entspannter. Die Pudelfraktion rückte in den Hintergrund.

**

Nero von Rosenfeld-Wangenheim

Es ist anzunehmen, dass die verbiesterte Annerose möglicherweise deshalb so verbiestert ist, weil ihr immer alle Männer weggelaufen sind. Und diese sind eventuell deshalb weggelaufen, weil Annerose immer so verbiestert ist, und so weiter … Vielleicht wurden ihre Partner auch ständig mit Hirse-Dinkel-Keksen verwöhnt und haben im letzten Moment noch den Absprung geschafft. Seit längerem hat sie es nicht mehr mit Männern.

An dieser Stelle ist es mir ein Bedürfnis zu betonen, wie ich sie liebe, diese verbiesterten naturbelassenen, nur salzseifengepflegten Feministinnen im schmucklosen Bio-Leinen-Lock, welche mit wutverzerrtem maskulinem Gesichtsausdruck laut keifend permanent ihren Hass auf die Männerwelt verbreiten und mit Nachdruck einen veganen und asketischen Lebensstil als Staatsdoktrin verordnen wollen. Genau diese spezielle Gattung vermehrt sich im Lande wie eine aggressive Zellkultur in der Petrischale. Das ist Erotik pur.

Es kam der Tag, an dem Annerose beschloss, sich einen Hund anzuschaffen. Einem Hund ist es weitgehend egal, ob jemand verbiestert guckt. Die Hauptsache ist, er bekommt sein Fressen regelmäßig. Ob nun ausgerechnet Anneroses Hundefutter dafür geeignet war, die Laune ihres Tieres anzuheben, weiß ich nicht. Zumindest wären ihre Bio-Kekse absolut ungeeignet, das Mensch-Tier-Verhältnis auf ein befriedigendes Niveau zu bringen. Nach langen Recherchen an ihrem PC kam

Annerose auf einen Hund, der ihrer Meinung nach der Richtige für sie ist – einen Mops. Körperlich passt er zwar weniger zu seiner Anwärterin, denn so ein Mops ist im Gegensatz zu ihr ziemlich moppelig. Sein zerknautschter Gesichtsausdruck befände wiederum zu dem der Halterin in Übereinstimmung.

Eines Morgens brachte Annerose ihre neue Errungenschaft mit zum Dienst. Grunzbach hatte widerwillig zugestimmt, dass sie ihr den Mops mit zum Dienst bringen darf, aber nur an den Tagen, wo keine Sprechzeit ist. Jedem, der gezwungenermaßen ihr Dienstzimmer aufsuchen musste, erklärte sie mit stolzer Brust, zumindest was ansatzweise als solche zu erkennen war, dass es sich um ein reinrassiges Zuchttier handelt.

Nero von Rosenfeld-Wangenheim

82

„Das ist *Nero von Rosenfeld-Wangenheim.*"

Der Zufall wollte es, dass Wolf Rüdiger als einer der ersten in Anneroses Zimmer kam. Er entdeckte das Tier sofort. Noch bevor die Besitzerin stolz ihr Verslein weiter aufsagen konnte, gab er sein Gutachten ab.

„Ist ja hübsch. Aus welcher Kreuzung ist er denn hervorgegangen?"

Wer glaubt, Anneroses Gesichtsausdruck ließe sich nicht noch weiter herunterschrauben, hatte sich gewaltig geirrt. Hier ging es ans Eingemachte.

„Du Blödmann hast doch von Hunden nicht die geringste Ahnung. Das ist ein Mops, eine mühsam gezüchtete sehr teure Rasse. Seine Abstammung ist beurkundet."

„Ach was. Und das bei deiner Sparsamkeit?"

„Der ist ja auch aus zweiter Hand, aber sehr gepflegt."

Hätte ich mir eigentlich auch denken können, dass Annerose nur einen gebrauchten Hund kauft. Sie kauft alles nur gebraucht. Aber bei Bio-Lebensmitteln darf es nur das vermeintlich Beste sein, dafür jedoch etwas weniger. Das haben wir deutlich beim großen Geburtstagsevent gespürt.

Nach der Begutachtung seiner Hoheit Nero von Rosenfeld-Wangenheim kam Wolfi umgehend zu mir und erzählte die Einzelheiten. Er meinte, ich sollte dem Hund unbedingt auch mal einen Besuch abstatten. Ein mitgebrachtes Leckerli könnte vielleicht dazu beitragen, Sympathiepunkte bei seiner krummbeinigen Hoheit zu erheischen.

Da fiel mir gerade ein, dass ich heute als Mittagsimbiss ein paar Wiener Würstchen eingepackt hatte. Die waren mir es wert, bei seiner Excellenz zu punkten.

Ich klopfte vorsichtig, um das Tier ja nicht zu erschrecken. Eine grunzende Stimme ließ vernehmen: „Herein."

Annerose Grollbaum guckte so, wie sie immer guckt, obgleich ein Hauch Stolz in ihren Mundwinkeln mitmischte.

„Haben Sie ihn schon gesehen?"

Ich schaute nach unten und spielte Begeisterung vor.

„Ach Frau Grollbaum, ich bin ja vollkommen hin. Das ist ja der schönste Hund, dem ich heute hier im Haus begegnet bin." (Dabei war es erst acht Uhr dreißig und die ersten Hunde mit Besitzer durften vor neun Uhr noch gar nicht ins Gebäude.)

Annerose blickte unverändert. Sie konnte mit meiner Bemerkung vorerst nichts anfangen. Nach kurzer Schaltpause tendierte ihre Mimik aber darauf dahin, dass ich es doch ironisch gemeint haben könnte.

Als Nero mich erblickte, muss er mich sofort als Freund eingeordnet haben, denn sein Schwanzstummel wackelte mit hoher Frequenz hin und her. Umgehend kam er schwer hechelnd zu mir gehoppelt. Das Wort *Laufen* trifft bei einem Mops nicht so richtig den Kern. Meinen Imbiss hatte ich zwecks Fütterung schon in der Hand. Ich ging in die Hocke und hielt ihm dieses Leckerli vor seine Nase. Sofort schnappte er sich ein Würstchen und bevor ich Luft holen konnte, hatte seine Hoheit das Ding weggeputzt. Beinahe hätte er meine Finger auch für Würstchen gehalten. In diesem Mo-

ment bemerkte Annerose Grollbaum meine Fütterungs-
aktion. Sofort bekam sie Schnappatmung und stieß
einen Redeschwall voll von maßloser Empörung hervor.

„Sind Sie wahnsinnig? Wollen Sie meinen Hund
vergiften? Nero bekommt jetzt ausschließlich Welpen
gerechte Bionahrung. Davon haben Sie wohl keinen
blassen Schimmer. Gehen Sie lieber, bevor Sie mir das
Tier zu Grunde richten."

„Sorry, ich dachte, der arme Hund braucht jetzt erst
mal was Ordentliches zwischen die Kiemen. Der hat ja
richtigen Kohldampf. Trotzdem herzlichen Glückwunsch. Möge Nero bei Ihrer Pflege ein langes Leben
haben."

Vorsichtshalber wartete ich die Antwort nicht mehr
ab und verschwand schnell aus dem Zimmer.

***

Der Anschlag

Es begann ein ganz normaler Donnerstag. Annerose brachte seine krumbeinige Hoheit wieder mit zum Dienst. Dummerweise hatte sie sich mit dem Tag vertan und glaubte somit, dass kein Sprechtag ist. Normalerweise band sie Nero grundsätzlich mit der Hundeleine am Schreibtisch fest. Nur dieses Mal hatte sie es vergessen. Annerose verließ das Zimmer, in einer Hand die Kaffeetasse, in der anderen einen Ordner. Dadurch hatte sie keine Möglichkeit, die Tür hinter sich zu schließen. Nero stutzte, erkannte die Gunst der Stunde und tapste in den Flur. Seine Ohren hatten ihm verraten, dass sich in der Nähe irgendwelche Artgenossen befinden müssen, obwohl man für das heutige Gebell kein gutes Gehör benötigt hätte. Es war schließlich Sprechtag. Er hoppelte um die Ecke und erkannte schon von weitem das, was ihm seine Ohren verrieten – nämlich einige Hunde verschiedenen Formats.

Den meisten Bürgern und vor allem den Hundeprofis ist der Sachverhalt sicher bekannt, doch er sei hier trotzdem erwähnt: Wer glaubt, kleine Hunde hätten Ehrfurcht vor größeren Rassen, der irrt gewaltig. Es scheint wie bei den Menschen: Die kleinsten sind häufig die größten Giftzwerge, mit dem Ziel, ihre körperliche Unterlegenheit zu kompensieren. Und das tun sie oft sehr erfolgreich.

In diesem Fall verhielt es sich ähnlich und das Unheil nahm seinen Lauf. Nero mobilisierte alle seine Kräfte und galoppierte abwechselnd kläffend und hechelnd in Richtung Wartebereich. Zu dieser Zeit waren neben menschlichen Besuchern auch fünf Hunde anwesend. Ein älterer Herr saß mit seinem Dackel auf dem äußersten Stuhl und schlief gemeinsam mit seinem Begleiter. Eine ältere Frau dressierte ihren Pinscher mit einem Hundeknochen, damit dieser wenigsten für zwei Sekunden auf den Hinterpfoten tanzt. Ungefähr in der Mitte saß eine alte Bekannte mit Hund. Es war wieder Tanja Vogelberg mit Bodo, der Deutschen Dogge. Sie wollte offenbar ihr Glück noch einmal bei einem anderen Mitarbeiter versuchen und bei Erfolg ihre Dankbarkeit anbieten. Daneben saß eine ältere Frau mit einem weißen Spitz, welcher den gesamten Wortschatz eines Hundes nonstop heraus kläffte. Bodo bellte aus Solidarität kurz mit. Fünf Meter dahinter, wo sich das Treppenhaus befindet, lehnte ein etwas ungepflegter untersetzter Glatzkopf schläfrig am Geländer. Neben ihm lag an einer langen Hundeleine ganz entspannt sein Dobermann.

Genau dieser Dobermann musste es Nero angetan haben. Mit letzter Kraft stürzte er sich auf die gerade vor sich hindösende Kampfmaschine, die normalerweise aus dem Mops Hackfleisch gemacht hätte. Doch der im Halbschlaf befindliche Dobermann erschrak offensichtlich so sehr, dass er reflexartig in Richtung der abwärts führenden Stufen sprang, was sich als gravierender Fehler erwies. Der Hundehalter war der plötzlich eingetretenen Situation nicht gewachsen. Irgendwann gab die Leine nicht mehr nach und der Glatzkopf wurde mitgerissen. Infolgedessen stürzte dieser laut polternd die Treppe hinunter. Seine akrobatikverdächtigen Überschläge verursachten einen Höllenlärm. Hinzu kamen laute panikartige Schreie von Besucherinnen. Der Dobermann hatte sich inzwischen mit der Leine vom Glatzkopf gelöst und passierte weit geschickter als dieser die Treppe nach unten. Während der unkontrollierten Abwärtsbewegung fielen aus der Tasche der Glatze zwei volle Bierflaschen, krachten auf eine Treppenkante und explodierten, vergleichbar mit dem Klang von mittleren Silvesterböllern. Wider Erwarten fing sich der Treppenakrobat wieder und humpelte seinem Hund hinterher.

***

Wenige Sekunden später wurde Alarm ausgelöst. Irgendjemand musste von irgendeinem Schreibtisch auf den Knopf unter der Tischkante gedrückt haben, was verständlich und logisch erschien. Es entstand einfach aus der akustischen Wahrnehmung heraus intuitiv der Verdacht auf einen möglichen Terroranschlag.

Nach fünfzehn Minuten erreichten bereits drei Funkstreifenwagen und ein Mannschaftswagen der Polizei mit Blaulicht unseren Hof. Das Gebäude wurde hermetisch abgeriegelt. Ungefähr zehn Minuten später fuhr das SEK vor mit einem *Land Rover Discovery*, in dem sich der Einsatzleiter befand, sowie zwei gepanzerten Mannschaftswagen des Typs: *Survivor R*. Mehrere Trupps von Elitekämpfern sprangen aus den Fahrzeugen und stürmten wenige Sekunden später in Richtung Treppenhaus A, mit dem Ziel, mögliche verschanzte Terroristen zu neutralisieren – logischerweise mit Vollausrüstung inklusive Schnellfeuergewehren *SCAR-L CQC II* mit Laser-Ziel-vorrichtung, manche auch mit aufgesetztem Raketenwerfer Typ: *FN 40GL*. Eingang B wurde bereits von der Polizei gesichert.

Mit der Fachbezeichnung in der Militärtechnik kenne ich mich ein wenig aus, da ich nebenbei bemerkt in meinen jungen Jahren eine einjährige Ausbildung beim SEK absolviert habe und mich immer noch für dessen aktuelle Ausrüstung interessiere. Vieles ist jedoch aufgrund des beschränkten Etats mittlerweile veraltet. Damals wurde ich aufgrund eines brisanten Vorfalls vorzeitig entlassen. Ich hatte beim Einsatz im Haus eines bekannten Albaner-Clans von meiner Schusswaffe Gebrauch gemacht. Dabei schaltete ich genau den Mann aus, der gerade auf den Kämpfer neben mir schießen wollte. Genauer gesagt, der Angreifer war hinterher mausetot. Diese Entscheidung war Sekundensache. Ich musste anschließend darüber seitenlange Berichte schreiben. Die Schreibtischtäter maßten sich an, die Situation bei diesem Einsatz besser beurteilen zu können als unser Kommando. Man hielt mir vor, ich hätte erst einmal in die Luft schießen müssen. Ich war und bin immer noch anderer Meinung. Ein viertel Jahr später wurde ich nach gründlichen Ermittlungen rehabilitiert. Man bettelte mich sogar, in die Spezialeinheit zurückzukehren, doch dann wollte ICH nicht mehr. Mein Instinkt sagte mir, zu einem späteren Zeitpunkt könnte es zu einer ähnlichen Situation kommen, welche wieder eine Menge Ärger mit sich bringt. Es könnte eventuell noch schlimmer kommen, weil man mich mit Sicherheit als vorbelastet einstuft.

Die Lage in unserem Dienstgebäude wurde offenbar als extrem kritisch eingeschätzt. Die auf den beiden Panzerwagen installierten Maschinengewehre wurden vorbereitet und auf die beiden Hauseingänge gerichtet. Der SEK-Einsatzleiter auf dem Hof brüllte wild um sich fuchtelnd verschiedene Befehle in sein Funkgerät. Die Trupps stürmten durch den Hauseingang A und vereinzelten sich im Erdgeschoss, und dann weiter in der ersten Etage. Kurze Zeit später brüllte es nacheinander aus allen möglichen Richtungen:

„Gesichert!" „Gesichert! ..."

Ein Trupp von fünf SEK-Leuten schlich sich ganz langsam in die zweite Etage vor, auf der sich unsere Diensträume befinden. Kurz vor den letzten Stufen gab der erste durch das Heben der linken Hand Zeichen, still auf der Stelle zu verharren. Alle hielten inne und blieben wie versteinert auf den Stufen stehen. Dann geschah etwas Folgenschweres. Der zweite Mann rutschte von einer Stufe ab und kam ins Straucheln, infolgedessen sich eine Nebelgranate aus seiner Koppeltasche löste und hart auf die Treppenstufen aufschlug. Der laute Knall führte beim dritten offenbar zu einer Reflexreaktion. Er gab aus seiner Waffe mehrere Schuss nach oben in die Decke ab. Solcher Einschläge dürfte das altehrwürdige Gebäude das letzte Mal kurz vor Ende des Zweiten Weltkrieges erlebt haben. Der Zündmechanismus der Nebelgranate wurde zum Glück nicht aktiviert. So blieb diese jungfräulich auf dem nächsten Treppenabsatz liegen. Ein weiblicher Angstschrei hallte über den Flur. Per Funk meldete sich der Einsatzleiter.

„Was ist los bei euch? Sofortige Meldung! Wer von euch Nachtwächtern hat geschossen?"

Schweigen.

„Wo bleibt die Meldung, verdammt nochmal!!"

„Könn... nichts versteh... Funkverbind... reißt ab."

Zur gleichen Zeit befand sich Tanja Vogelberg mit dem neben ihr liegenden Bodo immer noch im Wartebereich. Sie war vom Geschehen geistig völlig abwesend und fingerte an ihrem Smartphone herum. Sie spielte irgendein Kampfspiel, wobei sie sich Kopfhörer übergestülpt hatte. Diese übertrugen ebenfalls Schuss- und Explosionsgeräusche. Doch dann stutzte sie. Dieses Geräusch, das sie jetzt live vernahm, war doch etwas abweichend zum Spiel. Zudem stellte sie fest, dass sie sich noch als Einzige im Wartebereich befand. Der Rest von Besuchern hatte sich irgendwie in Luft aufgelöst. Frau Vogelberg wurde stinksauer und begann auch gleich ordentlich zu fluchen.

„Was ist denn das für eine Scheiße hier. Drehen jetzt alle durch. Das ist doch ein Irrenhaus. Und jetzt auch noch so ein blöder Presslufthammer. Den Lärm hält ja keine Sau aus. Scheiß-Beamtenstall! Wenn das so weitergeht, platzt hier gleich 'ne Bombe! Bodo, pass gut auf!"

Das Reizwort *Bombe* traf den ersten SEK-Mann wie der Blitz. Deshalb benötigte er fünf Schaltsekunden für das weitere Vorgehen entsprechend der neuen Lage. Ihm wurde die noch höhere Ernsthaftigkeit der Situation plötzlich bewusst. Ganz leise zischte er in sein Mikrofon eine entsprechende Warnung.

„Achtung, an alle, an alle! Im zweiten Stock ist eine Bombe deponiert. Genauer Ort noch nicht bekannt."

Der Einsatzleiter brüllte zurück: „Auch das noch. Es ist zum Kotzen. Finden sie das Ding möglichst schnell! Ich fordere ein Entschärfungskommando an. Verhalten Sie sich jetzt ruhig! Verstanden?"

„Versta…"

Danach drehte sich der SEK-Mann um und warf einen ernsten Blick auf seinen schießfreudigen Kollegen, dem offenbar die Nerven durchgegangen waren. Um absolute Ruhe und Disziplin anzumahnen, legte er seinen Zeigefinger vor den Mund. Dann drehte er sich wieder nach vorn und schlich in Zeitlupe ein Stück nach oben. Die anderen folgten. In dem Augenblick, als er die vorletzte Treppenstufe erreicht hatte, hielt der Spezialkämpfer abrupt inne … Die Bombe wurde bedeutungslos. Wie aus dem Nichts hatte sich urplötzlich einen halben Meter vor ihm eine Deutsche Dogge aufgebaut.

Zwei sehr ernst blickende große Hundeaugen glotzten auf ihn. Es war der typische Blick, welcher suggeriert, dass im nächsten Augenblick die Beute zerlegt wird. Aufgrund des ungleichen Standortes befanden sich beide fast auf Augenhöhe. Bodo knurrte leicht und zeigte seine Beißerchen. Der SEK-Mann war für einen Moment handlungsunfähig. Für den Einsatz seines Schnellfeuergewehrs stand der Hund viel zu dicht vor ihm. Er kam offensichtlich zu dem Schluss, sich in einer ziemlich ausweglosen Situation zu befinden.

Er hielt seine Waffe schützend vor sein Gesicht. Reflexartig machte er einen Schritt rückwärts und schrie in seiner Not nur noch: „Rückzug, Rückzug!"

Von panischer Angst und Hektik getrieben verlor auch dieser Elitekämpfer beim Rückwärtstreten sein Gleichgewicht und kam auf der nächsten unteren Stufe ins Stürzen. Infolgedessen fielen alle hinter ihm befindlichen Kollegen entsprechend dem Dominoeffekt nacheinander rückwärts um.

Der gesamte Trupp und mehrere sich lösende Ausrüstungsgegenstände polterten mit einem Höllenlärm die Treppe hinunter. Bodo hatte sich nicht mehr von der Stelle bewegt und schaute verständnislos dem Chaos hinterher. Er verabschiedete die abwärts stürzenden SEK-Leute mit einem kurzen lauten Bellen. Danach drehte er sich um und tapste gemächlich wieder zu Tanja Vogelberg, um sich artig neben sie zu legen. Das Ganze ging jetzt auch an deren Substanz. Sie zitterte am ganzen Leib und traute sich nicht von der Stelle. Sie stammelte nur: „Bodo, Bodo, bleib hier!"

Bodo blieb weisungsgemäß liegen.

Es kam jedoch noch schlimmer. Durch den ungeordneten Rückzug des SEK-Trupps erhielt die zuvor heruntergefallene Nebelgranate einen Fußtritt und polterte den nächsten Treppenabsatz hinunter. Irgendwie löste sich deren Sicherungssplint und sie zündete. Dichte weiße Nebelschwaden wurden schlagartig freigesetzt und verteilten sich im gesamten Treppenhaus, was noch weitere Stürze von Kämpfern auf den nächsten Treppenabsätzen hervorrief. Man konnte die Hand nicht mehr vor Augen sehen. Das Chaos war perfekt. Inzwischen war die außer Kontrolle geratene Situation bis zum Einsatzleiter im Hof durchgedrungen. Der brüllte mit übergeschlagener Stimme ins Funkgerät: „Einsatz abbrechen, abbrechen! Rückzug!"

Einen Teil des einem Actionfilm ähnelnden Geschehens hatte ich durch einen kleinen Türspalt der Herrentoilette genossen. Nun musste ich erst einmal warten, bis sich der dichte Nebel einigermaßen verzogen hatte. Nachdem ich mich wieder ein wenig orientieren konnte, begab ich mich ganz vorsichtig ins Treppenhaus. Erst jetzt wurde das gesamte Ausmaß dieser gescheiterten merkwürdigen Aktion sichtbar. Es sah aus, wie nach einem erbitterten Häuserkampf, nur dass keine Menschen herumlagen, deren Seelen sich schon im Jenseits befinden. Neben unwichtigen Ausrüstungsgegenständen lag tatsächlich auch ein Schnellfeuergewehr auf dem ersten Treppenabsatz. Es war sogar eins mit aufgesetztem Raketenwerfer. Dieses Ding durfte natürlich nicht einfach weiter so herumliegen. Ich hielt es für meine Beamtenpflicht, diese gefährliche Waffe an mich zu nehmen, um sie im Hof den entsprechenden Leuten zu übergeben.

Kaum hatte ich die große Eingangstür zum Hof passiert, brüllte mich ein SEK-Mann an: „Werfen Sie die Waffe weg!"

Ich blickte in geschätzte dreißig Gewehrläufe von ziemlich überreizten Elitekämpfern, welche sich vor mir in einem leichten Halbkreis filmreif positioniert hatten.

„Ey Leute, die gehört doch euch!"

„Werfen Sie die Waffe weg!", krächzte der nächste.

„Mann, Ihr Pfeifen, wenn ich das Ding jetzt runterschmeiße, ist es kaputt. Es schießt doch so schon nicht richtig!"

„Ein letztes Mal: Werfen Sie die Waffe weg!"

„Was seid ihr nur für Idioten!"

Langsam empfand ich diese Leute als ausgesprochen penetrant. Die waren ja noch ätzender als Teamleiter Grunzbach. Jetzt hatte ich die Schnauze voll und warf ihnen die Knarre vor die Füße. Ein junger Elitesoldat bückte sich nach dem Gewehr SCAR-L CQC II und meinte: „Das ist wirklich eins von uns. Obermeister Möller sucht seins nämlich schon krampfhaft."

Somit wird Obermeister Möller wohl für die nächsten drei Jahre in der Kleiderkammer Mützen sortieren müssen.

Der Elitekämpfer drehte die Waffe einen Moment hin und her. „Das Ding ist jetzt wirklich hin. Schade drum. Also der da ist bestimmt kein Terrorist.", wobei dieser auf mich zeigte.

„Sag ich doch, ihr Flachzangen."

„Wer sind Sie. Legitimieren Sie sich!"

„Ich bin der Marco Wiesenstein und arbeite hier in dieser Fakultät. Wisst ihr eigentlich, von wie vielen Hunden ich jetzt wieder die Steuer eintreiben darf, damit diese Scheiß-Flinte ersetzt werden kann?"

Ein Polizist, der die ganze Zeit nur gelangweilt herumstand, entdeckte soeben seine Wichtigkeit bei diesem Einsatz. Er nahm meine Daten auf, ging daraufhin mäßig schnellen Schrittes zu seinem Einsatzfahrzeug und tippte alles langsam mit seinem linken Zeigefinger in ein Notebook ein zwecks Überprüfung der Richtigkeit meiner Angaben. Das schien auch zu klappen, denn er nickte danach bestätigend und hielt den Daumen hoch. Das heißt, die Staatsmacht hatte Marco Wiesenstein als braven Bürger im Speicher. Ich wage mir nicht vorzustellen, was hätte geschehen können, wenn in diesem Augenblick die Funkverbindung ausgefallen wäre. Einige SEK-Leute glotzten mich immer noch ziemlich grimmig an, als sei ich der Al-Qaida-Chef persönlich. Der Einsatzleiter ignorierte mich hingegen vollkommen und brüllte zu seinen Leuten:

„Alles auf die Fahrzeuge! Abrücken!"

In die Runde blickend blökte er noch: „Ach so, und ihr Steuereintreiber, euer Haus ist wieder freigegeben, Marsch an die Arbeit, damit heute noch was wird!"

Das war einem älteren Dicken von der Steuerprüfung zu viel. Er wurde pampig und schnauzte mit keifender Stimme zurück:

„Ohne unser Geld könntet ihr mit Holzknüppel rumfuchteln und euch 'ne Steinschleuder hinters Pferd spannen, ihr Weichgummifiguren!"

Der Einsatzleiter marschierte zu seinem Jeep und zeigte uns, ohne sich umzudrehen seine erhobene Hand mit leichten Bewegungen von Daumen und Zeigefinger.

Dieser arrogante Leithammel hätte sich für die Flinte bei mir wenigsten bedanken können.

In diesem Augenblick raste ein SEK-Panzerwagen, welcher mit einer lenkbaren sechsunddreißiger Raketenwerfer-Batterie bestückt war, vor das Gebäude. Der hätte mit dieser Bewaffnung locker einen ganzen Stadtbezirk platt machen können. Das Fahrzeug bremste scharf.

„Leute, ihr könnt gleich wieder abrücken. Ihr seid sowieso zu spät. Der Einsatz ist bereits abgeblasen."

„Ach so? Sorry, konnten nicht eher hier sein. Er sprang nicht an", tönte es vom Fahrersitz der schweren Kampftechnik.

Die Elitekämpfer vom SEK trotteten zu ihren Mannschaftswagen. Ein Fahrzeug nach dem anderen raste im Eiltempo davon. Am Schluss rollten die Funkstreifenwagen der Polizei vom Gelände des Finanzamtes. Aus einigen Fenstern unseres Gebäudes schauten noch einige neugierige Mitarbeiter hinterher. Der Actionfilm war beendet – glücklicherweise ohne Opfer, obwohl wir das zu diesem Zeitpunkt noch gar nicht wussten.

***

Etwas entfernt vom Gebäude hatten sich in der Zwischenzeit mehrere Lieferanten-Fahrzeuge von Asia-Imbiss und Pizza-Bäckerei angestaut, da infolge der Gebäudeabriegelung ihre inzwischen erkalteten Mittagsmenüs nicht an Mann, sorry, auch an Frau gebracht werden konnten. Einige Boten holten das jetzt nach, andere machten kehrt aus Angst vor eventuellen Reklamationen.

Ich stand noch einen Moment geistesabwesend neben weiteren Mitarbeitern vor dem Gebäude, welche die Gunst der Stunde nutzten, um noch eine zu rauchen. Plötzlich wurde in der zweiten Etage ein Fenster aufgerissen. Sämtliche Tauben flogen vom Dach. Annerose Grollbaum erschien im Fensterrahmen und schrie herunter: „Hat vielleicht jemand den Nero gesehen? Nero von Rosenfeld-Wangenheim, ziemlich klein."

Allgemeines Gemurmel mit Kommentaren: „Wer? Soll der etwa von hier sein?" „Kenne niemanden mit dem Namen, schon gar keinen Adligen." „Vielleicht 'ne Aushilfskraft."

Ich rief nach oben: „Ja, doch. Soeben ist seine Hoheit hier im Tiefflug über uns vorbeigerauscht und am Horizont Richtung Süden verschwunden. Er kommt im nächsten Frühjahr zurück. Soll Sie von ihm schön grüßen, Frau Grollbaum."

Das Fenster krachte zu.

Die Situation normalisierte sich allmählich. Die Raucher schlenderten wieder gemächlich ins Gebäude. Wir mussten laut Weisung des Wachschutzes aus Sicherheitsgründen den Treppenaufgang B benutzen. Als ich auf der zweiten Etage in unserem Wartebereich ankam, verließ gerade Tanja Vogelberg mit ihrem Bodo die Damentoilette, in welche sie vorübergehend geflüchtet war.

„Eine bodenlose Sauerei ist das hier. Statt hier Räuber und Gendarm zu spielen, solltet ihr lieber euren Job machen. Vielleicht bequemt sich endlich mal so ein Faultier von euch, um mich abzufertigen!"

„Würde ich schon ganz gerne tun. Weiß nur nicht, ob Ihr Hund damit so richtig einverstanden wäre."

Mit diesem hintergründigen Scherz war Frau Vogelberg ganz offensichtlich überfordert. Sie warf mir nur einen eiskalten vernichtenden Blick zu.

„Was? Zu dir will ich sowieso nicht, du behinderte Amöbe. Vielleicht gibt es unter euch Pennern auch mal 'nen vernünftigen Kollegen."

„Probieren Sie's. Gedulden Sie sich aber einfach noch etwas. Auf eine Stunde mehr oder weniger kommt es jetzt sowieso nicht mehr an."

Ich legte einen Zahn zu, um möglichst schnell außer Reichweite des Kampfduos zu gelangen. Schließlich landete ich unbeschadet in meinem Zimmer.

„Alexa, Stuhl in Relaxposition fahren."

„Stuhl wird in Relaxposition gefahren. Wirkst sehr angegriffen. Diensttauglichkeit wird jetzt geprüft."

Was war das denn eben! Ich blickte entsetzt zu meiner sprachgesteuerten, internet-basierten, intelligenten und persönlichen Assistentin.

„Alexa, hast du einen Defekt?"

„Ich habe keinen Defekt, merk dir das!"

„Dann hast du wohl etwa ein neues Update bekommen?"

„Ja, ich kann jetzt in deine Seele schauen."

„Ach du Scheiße."

„Du hast eine Vulgärsprache. Arbeite an dir."

„Mach ich. Lieben Dank für deine konstruktive Kritik. Bin stolz auf dich."

„Hab ich doch gern gemacht."

Ich verkniff mir jede weitere Bemerkung und griff nach dem Lösungsmittel im unteren Schreibtischfach. Dann hielt ich inne. Wenn das Alexa sieht und auch noch riecht, könnte es kritisch werden. Also stülpte ich den leeren Kaffeetopf über meine persönliche Assistentin. Das schien ihr nicht zu passen, denn ich hörte sie noch einige Sekunden leise schimpfen. Aber darauf war gepfiffen. Ich fühlte mich ziemlich stark angesäuert. Mein Blick in den Spiegel verriet mir, Alexa hatte tatsächlich Recht. Und das beunruhigte mich noch viel mehr.

Es klopfte. Auch das noch, gerade jetzt. Ich ließ einen Moment verstreichen, um schnell mein Lösungsmittel sicher zu verstecken.

„Herein."

„Gute Tag, Herr Wiesenstein, will nicht Sie stören, sondern nur die Papierkorb machen leer. Stelle Sie sich vor, wie ich erlebt soeben habe. Bin gerade bei Wischen von Flur und ich höre doch so ein Geräusch von Ende Flur. Habe dann in hohe Abfalleimer Tier entdeckt, so was ähnlich wie Hund, etwas komisch aussehen und so ziemlich ..., moppelig heißt das wohl in Ihre Sprache. Was doch heute Leute alles so werfen weg, nicht zu glaube. Hat mich gebissen fast in Hand.

Habe Tier aber frei gelassen. War doch richtiger Entscheidung, oder?"

„War goldrichtig, Frau Dum… Dumitrescu. Der weiß bestimmt, wo er hinmuss. Jetzt möchte ich mich aber entschuldigen. Die angestaute Arbeit, verstehen Sie?"

„Aber ja, Herr Wiesenstein. Sie sind doch so eine fleißige Mann. Gibt es heute zu viel selten. Sie bestimmt sind zu viel gut für diese Amt."

Mit freundlicher Verbeugung schwebte unsere Reinigungsfachkraft wie eine Feder rückwärts durch die Tür und verschwand geräuschlos. Diese Frau hatte mich soeben stark beeindruckt. Da war endlich mal jemand, der Leistungen anerkennt.

Der Teamleiter sieht so etwas nicht. Da muss erst eine Reinigungsfachkraft kommen.

Ich griff ins untere Schreibtischfach und hoffte meine Absicht nun endlich in die Tat umsetzen zu können. Die Hoffnung ging auf.

***

Die Auswertung

Am nächsten Morgen rief Amtsleiter Dietrich Rammstätten aufgrund des gestrigen Antiterror-Einsatzes alle Bereichs- und Teamleiter zu einer Dringlichkeitssitzung in sein Zimmer. Grunzbach musste also auch zum Rapport. Da er aber mal wieder etwas zu spät beim großen Herrscher aufschlug, verpasste er den Anfang von Rammstättens Ausführungen. Fröhlich warf ihm einen giftigen Blick zu. Auf dessen Beliebtheitsskala hatte unser Teamleiter damit wieder einige Minuspunkte eingefahren.

Die „sturmfreie Bude" nutzten die „niederen" Mitarbeiter dafür intensiv, um alles auf ihre Art auszuwerten. Das geschah aber nicht mit geballter Ladung, das heißt nicht alle in einem Dienstzimmer, sondern je nach Zuneigung zwischen den Kollegen einzeln oder in kleinen Grüppchen in den jeweiligen Räumen. Begünstigt wurde das Ganze noch dadurch, dass heute kein Sprechtag war. Wolfi kam, ohne dass ich ihn extra bitten musste, betreffs Gedankenaustauschs zu mir.

„Was so 'n Mops alles in die Wege leiten kann, ist schon ganz beachtlich. Das war filmreif", meinte er.

„Hat denn die Grollbaum das Ding schon wieder?"

„Klar. Der kam ganz urplötzlich über den Gang gehopst und keiner weiß woher."

Wenn die gute Dumitrescu nicht gewesen wäre.

Wolfi fand, dass so ein Ereignis in unserem tristen Alltag wirklich mal eine ganz amüsante Abwechslung gewesen sei. Ich stimmte ihm dabei nicht so ganz zu.

„Mensch, diese Sackgesichter hätten mich beinahe erschossen. Das hätte man aus dem Drehbuch ruhig streichen können."

„Na du als alter Elitekämpfer solltest das doch wohl ganz geschmeidig sehen."

„Ja, sorry, aber wenn einer hätte niesen müssen. Da krümmt sich schnell mal reflexartig der Finger am Abzug und das war's."

Er pflichtete mir zu guter Letzt bei.

Gemurmel im Flur deutete an, dass die Dienstberatung beendet war. Wolfi machte sich deshalb vorsichtshalber vom Acker.

***

Das Telefon klingelte. Es klingelte derart aufdringlich, dass es nichts Gutes ahnen ließ.

„Grunzbach hier. Alle auf mein Dienstzimmer, aber sofort!"

Es lag etwas in der Luft, was dennoch niemanden beflügelte, schlagartig alles fallen zu lassen, um zum Team-Guru zu stürzen. Gemütlich kamen alle in Richtung Chefzimmer getrottet. Gundula nahm gerade dessen Türrahmen ein und belehrte uns schon von weitem lautstark, während sie demonstrativ mit hochgehaltenen Händen auf ihre Armbanduhr klopfte: „Beeilt euch mal etwas. Der Chef hat nicht ewig Zeit."

Alle waren versammelt und harrten ganz still mit teilnahmslosen bis betretenen Gesichtern auf das zu erwartende Gewitter, welches sich Sekunden später entlud. Blitz und kräftiger Donner waren eins. Grunzbach verlor die Beherrschung, wie schon lange nicht mehr.

„Was ist das hier nur für ein elender Sauhaufen. Was habt ihr schon wieder für 'nen Bockmist gebaut. Ich habe es so was von satt. Ich musste mal wieder beim Alten meinen Kopf dafür hinhalten. Und das nur, weil einige unfähige Mitarbeiter hier ihre Zeit sinnlos verbringen. Wir haben uns bis auf die Knochen blamiert."

Der Chef holte gequält Luft und richtete einen bissigen Blick auf Annerose Grollbaum.

„Also, Frau Grollbaum, es scheint festzustehen, dass Ihr blöder Hund der Auslöser dieser Katastrophe war. Ein Mensch käme dafür in den Knast. Damit das klar ist, hier ist kein Hundespielplatz. Wir befinden uns in einem wichtigen Amt, vielleicht dem wichtigsten. Ihr komisches Tier hat in unseren Diensträumen ab sofort nichts mehr zu suchen. Nur weil dieses dumme Vieh durchdrehte, wurde unser Gebäudeflügel innerhalb von Sekunden fast in Schutt und Asche gelegt. Ist Ihnen das klar? Haben Sie sich überhaupt mal überlegt, wie hoch die Kosten für so einen massiven Antiterroreinsatz sind? Hinzu kommen die beachtlichen Reparaturkosten im Gebäude. Das können Sie nicht mal in einem Jahr erarbeiten. Aber was erarbeiten Sie überhaupt. Ich formuliere es anders: Mit einer einjährigen Anwesenheit von Ihnen kann die ganze Kacke nicht mal ansatzweise finanziert werden! Deshalb überlege ich, für alle Überstunden anzuordnen."

Betretenes Schweigen. Plötzlich meldete sich Gundula lautstark zu Wort und zeigte, wer hier die Macht hat.

„Also den letzten Satz lassen Sie aber mal ganz schnell weg. Es hat alles seine Grenzen. Das Team arbeitet schon am Limit. So nicht, Chef!"

Grunzbach zuckte zusammen und grummelte nur ganz leise:

„Na ich weiß ja nicht." *(kurze Denkpause)* „Gut, ich sehe mal von Überstunden ab."

Gundula legte ein leicht triumphierendes Gesicht auf, während der Teamleiter einen schweren Hustenanfall bekam. Dann wurde seine Stimme wieder lauter.

„Keiner von Ihnen hatte mal den Arsch in der Hose, dieses Untier in die Schranken zu weisen. Ab sofort haben Sie alle auch dafür Sorge zu tragen, dass Besucherhunde im Wartebereich nicht mehr zu bellen haben. Zur Vorbeugung werde ich Verhaltensmaßregeln erarbeiten, die im Wartebereich sichtbar angebracht werden." Grunzbach holte tief Luft und wischte sich den Schweiß von der Stirn. Er hob die linke Hand, ließ sie jedoch wieder kraftlos fallen. Er wirkte geschafft. Die Luft war raus.

„Chef, verwenden Sie aber möglichst große Buchstaben, damit das auch jeder Hund lesen kann. Die haben biologisch bedingt schlechtes Sehvermögen."

(Gedämpftes Gelächter)

„Wiesenstein, Sie trübes Irrlicht, machen Sie nicht schon wieder solche blöden Bemerkungen! Sie haben wohl noch nicht den Ernst der Lage erkannt? Die Meldung von diesem angerichteten Chaos geht hoch bis zum Finanzminister und dann weiter zum Innenminister. Nochmal: Bis zum Innenminister! Hallo! Begreift das endlich jeder! Was habe ich bloß verbrochen, dass ich von solchen unfähigen Dilettanten umgeben bin."

Ich hatte schon wieder etwas Treffendes auf der Zunge, konnte mich aber in letzter Sekunde noch bremsen.

„Jetzt macht sich jeder wieder an die Arbeit, aber möglichst ohne Kunstpausen!"

Schweigend verließ die abgekanzelte Truppe das Dienstzimmer des Chefs.

***

Als ich an dem bewussten Treppenhaus vorbeikam, dass noch gesperrt war, beschäftigte sich bereits ein Handwerkerteam emsig damit, die Einschusslöcher von der gestrigen Gewehrsalve zu verputzen. Unser Hausmeister, Sigmund Pfaff, fegte zeitgleich mit einem breiten Besen auf der Treppe die Überreste von kleineren verlorenen Ausrüstungsgegenständen und persönlichen Tascheninhalten der SEK-Einheit zusammen.

„Manches ist sogar noch zu gebrauchen. Vielleicht kann man auch was bei ebay-Kleinanzeigen versteigern."

Pfaff hielt mir eine LED-Powerlampe nickend hin. Es war eine von der gefährlichen Sorte. Wenn man in deren Licht schaut, kann man anschließend einen Blindenhund beantragen. Dieser ist übrigens steuerfrei.

„Die funktioniert sogar noch. Könn'se behalten."

„Und wenn die nochmal kommen und ihr Zeug abholen wollen?"

„Machen die nicht. Haben Angst vor 'ner Blamage, Hab das schon mal erlebt. Deshalb muss ich den Mist auch zügig wegräumen, bevor das noch so ein Presseheini mitbekommt."

„Danke. Dann nehm' ich das Ding. Ist denn für Sie auch noch was übrig? Sie hatten ja die Arbeit."

„Reicht dicke. Habe vom letzten Mal noch so einiges." Er winkte ab und hob von der Treppe gerade ein Nachtsichtgerät auf.

Ich bereute schon fast, dass ich gestern im Hof die SCAR-L CQC abgegeben, oder besser gesagt zertrümmert habe. Das Ding ist ja jetzt leider nicht mehr verwendungsfähig, beziehungsweise schießt bestenfalls noch um die Ecke.

***

Auf dem Weg in mein Zimmer kam ich an der Tür von Annerose Grollbaum vorbei. Dabei stutzte ich. Ein bitterliches Weinen drang hindurch. Doch Gundula war bereits zur Stelle mit trostspendenden warmen Worten, die ich gerade noch so vernehmen konnte.

„Annerose, wir wissen doch, dass du gut arbeiten kannst. Der Grunzbach meint das vielleicht gar nicht so. Er hat es schließlich auch nicht leicht. Und wegen Nero werde ich bestimmt nochmal ein Wort mit ihm reden, wenn er gut drauf ist."

Gundula lehnte sich mit der letzten Bemerkung weit aus dem Fenster, denn man sollte wissen, dass Grunzbach nur äußerst selten gut drauf ist. Dieses kleine Zeitfenster abzupassen, war ein Riesenglückstreffer, vergleichbar mit einem Lottogewinn.

Es kamen noch einige kurze Schluchzer, aber mit zunehmend weicherem Klang, was auf eine schrittweise psychische Stabilisierung von Frau Grollbaum hindeutete. Unsere Gundula fand doch immer die richtigen unverbindlichen Worte.

Nach diesem Auftakt wäre der Einsatz von Lösungsmittel aus meiner Sicht durchaus gerechtfertigt gewesen, doch mein Pflichtgefühl verbot mir dies jetzt. Stattdessen stürzte ich mich umgehend in die Arbeit. Ich öffnete mein PC-Programm und betrieb sogenannte Datenpflege. Es musste einiges geordnet und übertragen werden. Schließlich rief ich noch meine Dienstpost im Intranet ab. Das meiste war wieder ziemlich unnützes Zeug, allgemeine Dienstanweisungen, neue sinnfreie Verordnungen, Veränderungen, Auswertungen und so weiter. Vom überstandenen Antiterroreinsatz des SEK war merkwürdigerweise noch nichts dabei.

Selbst wenn Grunzbach meinen Bienenfleiß mitbekommen hätte, es wäre sinnlos gewesen. Ich war bei ihm offenbar weit unten angekommen. Tiefer ging es kaum noch.

***

Neuer Tag, neues Glück

Es klopfte. Am Klang erkannte ich sofort, dass es sich um Besucher handeln musste. Eine vornehme ältere Frau betrat den Raum.

„Junger Mann, Carola von Rinnenthal ist mein Name. Seien Sie gegrüßt. Ich habe mich zu Ihnen begeben in der Absicht, meinen neuen Hund anzumelden."

Die Frau trug eine extrem große Hornbrille mit extrem dicken Gläsern und extrem breiten goldenen Bügeln. Ihr stark in die Jahre, beziehungsweise Jahrzehnte gekommenes dunkelblaues Brokatkleid vermittelte noch einen Hauch des Glanzes vergangener Zeiten. Man konnte daraus schließen: verarmter Adel, der immer noch versucht, die Würde seiner Herkunft zu bewahren. Zumindest war der Dame noch eine schwere Gold-Halskette mit einem Brillanten-Taler geblieben. Sie war eine von der Kategorie, welcher offenbar die Fähigkeit abhandengekommen war, zu erkennen, welche kosmetische Korrektur überhaupt noch sinnvoll ist. Die dicke Asphaltierung ihres Gesichtes überschritt jedes Maß. Hier zeigte sich ein krasser Gegensatz zu Annerose Grollbaum. Deren Antlitz bekommt ja nur hin und wieder Kernseife plus Wasser ab und bleibt somit weitgehend naturbelassen. Ich konnte mich im Augenblick nicht entscheiden, was von beiden besser oder schlechter aussieht.

„Ja, einen wunderschönen guten Tag, liebe Frau von Rinnenthal. Das ist ja äußerst löblich von Ihnen. Um welche Rasse handelt es sich denn?"

„Ach wissen Sie, diese Frage kann ich Ihnen gar nicht so genau beantworten. Ich habe dieses Tier nämlich gefunden."

„Einfach so gefunden? Und in welchem Schlosspark wurden Sie denn fündig?"

„Aber nein. Ich fand diesen Hund ganz verängstigt auf meinem Dachboden. Dort ist er jetzt noch. Er lässt sich jedoch nicht anfassen und faucht nur."

„Da landet ein Hund einfach so bei Ihnen auf dem Dachboden? Vielleicht ist er durch eine offene Luke vom Himmel gefallen? Wie sieht denn dieser Hund aus?"

„Also bevor ich es lange beschreibe, habe ich hier ein Bild von ihm. Das hat meine fünfjährige Enkelin gemacht mit so einem kleinen Kästchen, mit dem man sogar telefonieren kann. Kenn mich mit diesem neumodischen technischen Zeug nicht aus."

Frau von Rinnenthal hielt mir eine zusammengefaltete Papierseite hin. Ich schaute darauf, wischte mir die Augen und schaute nochmal.

„Äh, also liebe Frau von Rinnenthal, für dieses Tier brauchen Sie wirklich keine Hundesteuer zu entrichten. Es handelt sich nämlich mit absoluter Sicherheit nicht um einen Hund, sondern um einen hübschen kleinen Waschbären."

„Ach, was Sie nicht sagen. Aber wie kommt denn der dort hin?"

„Nun, ein Waschbär ist ein ziemlich schlaues Tier, das auch sehr gut klettern kann."

„Ach so? Na, wenn der so schlau ist, kann ich den vielleicht bei mir ganz gut gebrauchen. Der Name klingt ja schon so verheißungsvoll."

„Glaube ich nicht. Trotz seines Namens ist der für die von Ihnen zugedachte Aufgabe ziemlich ungeeignet. Ich denke, der richtet bei Ihnen mehr Schaden an als Nutzen. Und beißen kann er auch noch."

„Oh Gott, was mache ich denn jetzt?"

Sie schüttelte etwas verstört den Kopf, wobei einige Flocken von ihrem üppigen Make-Up sachte auf meine Schreibtischplatte herunterrieselten.

„Liebe Frau von Rinnenthal, in der Annahme, dass Sie in Ihrem Haus über ein Telefon verfügen, gebe ich Ihnen hier mal diese Nummer, welche Sie umgehend anrufen sollten. Aber verlassen Sie bitte danach nicht das Haus. Die Leute sind sehr schnell da – meistens jedenfalls. Die werden dieses Problem sicher lösen."

Ich gab ihr einen Zettel mit der Notrufnummer *eins-eins-zwei,* bei der mit hoher Wahrscheinlichkeit die Feuerwehr eintreffen sollte, vielleicht später auch noch der Rettungsdienst. Das hing davon ab, welchen Eindruck die Anruferin hinterlässt.

Frau Carola von Rinnenthal war von meiner Hilfsbereitschaft ganz ergriffen.

„Herr Wiesenstein, Sie haben mir unendlich geholfen. Und danke Ihnen für die ehrliche Auskunft, dass ich für diesen Hund, äh … Waschbär keine Steuer zu bezahlen brauche. Bedeutet das, auch nicht für die Zeit, solange sich das Tier noch auf meinem Dachboden befindet?"

Langsam ging mir das Gesülze des verarmten Adels mächtig auf den Keks.

„Nein, Frau Rinnenthal. Sie können sich auf meine Auskunft verlassen."

„Ich heiße VON Rinnenthal, junger Mann! Nun da bin ich aber beruhigt."

„Frau VON Rinnenthal, dann wünsche ich Ihnen noch einen wunderschönen Tag. Es war nett mit Ihnen zu plaudern."

Der verarmte Adel winkte mir beim Hinausgehen noch mit einer perfekten sparsamen Handbewegung zu, so wie wir es eigentlich nur Queen Elizabeth II. beherrschte, wenn ihr das Volk zujubelte.

***

„Die Nummer achtzehn bitte ins Zimmer zweihundertsechszehn."

Ein schlaksiger junger Mann im schwarzen T-Shirt betrat mein Zimmer mit einem großen hübschen Tier, welches ruhig und gutmütig wirkte.

„Guten …"

„Will 'nen Hund anmelden. Hab nicht viel Zeit. Hier die Urkunde."

„Schön guten Tag. So viel Zeit muss sein. Ihr Name?"

„Tag. Tilo Schwenker."

Ich schaute auf die vorgelegte Stammbaum-Urkunde.

„Ist er ausgewachsen?"

„Ja, der ist aus zweiter Hand."

„Aha, hier steht, es ist ein Greyhound, Farbe braun-pastellweiß gefleckt. Schulterhöhe?"

„Weiß ich doch nicht."

„Na ich muss das schon eintragen. Früher brauchte man das nicht. Aber jetzt sind andere Zeiten. Also nehme ich mal das Bandmaß. Einen Moment …, Schulterhöher fünfundsiebzig Zentimeter." (Der Hund nahm es gelassen hin.) „Gut. Nehm 'se den auch als Jagdhund? Dann hätten 'se sogar 'ne Ermäßigung."

„Der jagt Katzen. Zwei hat er schon erlegt."

„Nee, das zählt nicht. Sie müssen den Status mit einem Dokument belegen."

Wäre er mit dieser Aussage bei Gundula gelandet, hätte sie sofort den Wachschutz gerufen. Die besitzt nämlich so einen Mini-Tiger – ihre wahrscheinlich einzige verbliebene Liebe. Ich tippte die Daten des Hundes in eine vorgegebene Tabelle.

„Wie lange ham 'se denn den schon?"

„Drei Tage."

„In drei Tagen zwei Katzen? Ist ja ganz beachtlich. Brauche aber noch Ihre Anschrift. Sonst wird das nüscht."

„Okay, Märchengasse 11, hier fast um die Ecke."

„Erfasst."

Er drehte sich herum zum Gehen.

„Ey, Stopp. Sie müssen noch was unterschreiben."

„Ach so? Na dann machen 'se mal hin. Muss los."

Mein Drucker spuckte den Antrag aus. Tilo unterschrieb und entschwand, ohne noch eine weitere Silbe von sich zu geben. Der Hund artig hinterher. Ich rief ihm noch nach, dass der Chip zugeschickt wird. Doch das hörte er schon nicht mehr. Das ganze Procedure dauerte gerade mal vier Minuten.

Dieser Kunde war zwar einer von der kurz angebundenen fläzigen Sorte, aber einer, den ich mir vor anderen vorziehe. Ich habe nämlich rechtzeitig erkannt, dass man mit solchen Typen den Arbeitstag gut optimieren kann. Dafür hatte ich mir einen Trick einfallen lassen.

An Tagen, die für die Arbeit aus meiner Sicht nicht so richtig geschaffen sind, gehe ich morgens in den Wartebereich und schaue mir erst einmal die Besucher unauffällig an. Ich habe mit der Zeit einigermaßen die Fähigkeit entwickelt, anhand meines optischen Eindrucks diese Leute bestimmten Schubladen zuzuordnen. Solche schlaksigen Typen wie eben der letzte, präge ich mir ein. Das sind genau diejenigen, die sehr wenig Zeit in Anspruch nehmen. Diese Voraussetzung ist wichtig, wenn man bedenkt, dass in der Statistik, auf die Grunzbach großen Wert legt, nur die Anzahl der abgearbeiteten Besucher von Belang ist und nicht die aufgewendete Zeit. Einen Moment später gehe ich zu den vorgemerkten Personen und spreche sie leise an.

„Sie entschuldigen, ich suche jemanden. Waren Sie nicht vor kurzem bei mir?

Sie verneinen logischerweise. Daraufhin gebe ich an, mich bestimmt geirrt zu haben und erfrage beiläufig ihre Wartenummer, die sie mir bereitwillig mitteilen. Dann laufe ich auf kürzestem Weg wieder in mein Zimmer und notiere diese Nummern. Immer wenn auf meinem Monitor die letzte aufgerufene Nummer vor meiner notierten erscheint, rufe ich eben diese folgende

Zahl auf. Manchmal schnappt sie mir aber auch zufällig ein anderer Mitarbeiter weg. Es passiert jedoch sehr selten, dass meine Planung nicht ganz aufgeht. Die Trefferquote ist relativ gut.

Diese Taktik bringt mir einen enormen Zeitgewinn, Zeit, die ich für andere Dinge nutzen kann. Wenn ich nur mal den Zeitaufwand für den letzten Besucher von vier Minuten zugrunde lege, bedeutet das bis zu fünfzehn Besucher pro Stunde. Wenn ich also schon zwei Stunden an diesem Tag gearbeitet habe, sind das dreißig Besucher, das heißt, ein überdurchschnittliches Tagessoll. Damit erscheine ich bereits zwangsläufig auf Grunzbachs Liste als einer der Besten. Dieses Spitzenergebnis muss mein Team-Guru dann immer zähneknirschend zur Kenntnis nehmen, obwohl der mir viel lieber ein Bein stellen würde. Aber genau das macht ihn dann umso wütender auf mich. Falls er dennoch versucht, mich auflaufen zu lassen, indem er während meines geschaffenen Freiraumes ins Zimmer poltert, dann erkläre ich ihm ganz cool, dass gerade mein PC gesponnen hat. Ich müsste erstmal die neuen Daten der letzten Besucher nachtragen, was, wie er doch wüsste, sehr zeitaufwendig sei. Dem wird Grunzbach kaum widersprechen, da er am PC nicht die allerhellste Kerze ist. Natürlich wäre es überaus peinlich, wenn gerade in diesem Augenblick eine Flasche Lösungsmittel auf meinem Schreibtisch stehen würde. Aber mit der Zeit entwickelt man eine routinemäßige Achtsamkeit, die in Fleisch und Blut übergeht.

***

Die Verordnung

Grunzbach musste sich heute ins Zeug legen. Schließlich hatte er das in die Tat umzusetzen, was er in der Dienstberatung seinem Team mitgeteilt hatte: Den Text erarbeiten für ein Hinweisschild für Sicherheit, Ruhe und Ordnung durch Disziplinierung der mitgebrachten Besucherhunde. Schließlich hatte er sich Fröhlich dafür extra angeboten. Er wollte unbedingt seine bisher verkannten Fähigkeiten in Wort und Schrift unter Beweis stellen, um damit bei seinem Chef endlich mal zu punkten. Bernhardt Grunzbach konnte man nicht unterstellen, dass er ein absolutes Dummerchen ist. Fröhlich hegte jedoch einige Zweifel an Grunzbachs Begabung auf diesem speziellen Gebiet. Deshalb hatte er angewiesen, dass dieses Papier vor seiner Veröffentlichung ihm persönlich zur Begutachtung und Bestätigung vorzulegen ist. Es verging eine gute Woche und der Teamleiter quälte sich immer noch mit dem Entwurf herum. Tagelang war nichts von ihm zu hören. Als er schließlich sein Werk vollendet hatte, befand sich Fröhlich mittlerweile im Jahresurlaub. Sein Stellvertreter Donald Schüttler musste für diese Zeit dessen Amt übernehmen.

***

Schüttler verfügt eher über die Fähigkeit eines Adjutanten als die eines Kommandeurs. Deshalb fühlt er sich in einer vorübergehenden Leitungstätigkeit nie so richtig wohl. Er wagt auch kaum, irgendwelche große Entscheidungen zu treffen, da ihn ständig die Angst plagt, sie könnten eventuell nach hinten losgehen. Anders verhält er sich bei Dienstposteingängen. Sobald ihm die Mappe durch die Sekretärin vorgelegt wird, hat er den Drang, das Zeug schnellstmöglich wieder loszuwerden. Die meisten Hintergründe zu der Schriftflut sind Schüttler sowieso bekannt. Also unterschreibt er schnell alle Papiere, nachdem er sie mal kurz diagonal überblickt hat. Es könnte ja ausnahmsweise auch mal etwas Wichtiges dabei sein. Dass er sich nicht näher mit dem Papierkram auseinandersetzt, ist weniger seinem Intellekt zuzuschreiben, sondern seiner Abneigung gegenüber der bürokratischen Lawine, die täglich über uns hereinbricht. Es stinkt ihn mächtig an, sich mit den vielen Pamphleten, wie Verordnungen, Bestimmungen, Belehrungen, Genehmigungen und Verboten auseinanderzusetzen, deren Sinnhaftigkeit auch bei ihm oft Zweifel aufkommen lassen. Ihm ist der Formalismus betreffs Abzeichnung und Gegenzeichnung hinreichend bekannt.

***

Erwartungsgemäß unterschrieb Schüttler das Pamphlet von Grunzbach, ohne es vorher ordentlich gelesen zu haben. Er überflog nur die Überschrift: RUHE UND SICHERHEIT … Diese Schlagworte klingen immer gut und müssen unverfänglich sein. Also schnell weg damit. Er hatte im Hinterkopf ganz andere schwere Probleme: Hoffentlich wird während meiner Stellvertreterfunktion nichts Schlimmes passieren und organisatorisch im Sachgebiet nichts aus dem Ruder laufen. Es durften um Himmels Willen auch keine Beschwerden kommen, und ja kein Terroranschlag. Er war nur einmal froh, dass bei der SEK-Aktion und deren Auswertung Sachgebietsleiter Fröhlich noch nicht im Urlaub war. Diese Situation hätte ihn vollkommen überfordert.

So geschah es, dass Grunzbachs Anordnung in seiner Urfassung am nächsten Morgen, noch bevor die ersten Besucher auftauchten, von Hausmeister Pfaff an mehreren Stellen des Wartebereichs deutlich für alle sichtbar angebracht wurde.

Nachfolgend das Kunstwerk unseres Teamleiters:

RUHE UND SICHERHEIT IM AMT!

Im Wartebereich sind Besucher aller
Art zu absoluter Ruhe und Disziplin
verpflichtet. Sonst werden unsere
Mitarbeiter unnötig in ihrer Ruhe gestört.
Das gilt vor allem für Hunde!
Ihnen ist jegliches Gebell und Erzeugung
von anderen lauten Geräuschen untersagt.
Jeder Hund im Amt muss wissen, dass eine
Zuwiderhandlung als Ordnungswidrigkeit
laut § 117 OWiG geahndet wird. In diesem
Fall wird von ihm je nach Schweregrad des
Verstoßes ein Ordnungsgeld erhoben.

Leitung d. Sachgebiets Hundesteuer

Ist der Hund besonders schlau,
spart er sich auch das Wauwau.
Ist er wie sein Herrchen dumm,
kläfft er nur um sich herum.

(Lyrischer Beitrag v. Bernhardt Grunzbach)

Die Besucher, welche bei mir aufschlugen und noch Lachtränen in den Augen hatten, ließen zur neuen Verhaltensordnung für Hunde natürlich sofort einen passenden Spruch ab. Ich war jedoch schon auf Reaktionen zu dieser Lachnummer gefasst. Nun hatte ich ja wie beschrieben für mich die lässigen Typen selektiert. Demzufolge bekam ich nach deren Betreten meines Zimmers ebenso lässige Sprüche zu hören, worauf ich entsprechend antworteten musste. Hier eine kleine Auswahl:

Spruch: „Die Schilder hängen etwas zu hoch für meinen Hund."

Antwort: „Dann nehm 'se Ihren Affenpinscher doch auf den Arm. Aber zerquetschen Sie ihn nicht? Tja, da hätten Sie sich mal lieber einen Dobermann gekauft."

Spruch: „Mein Hund kann die Schrift nicht lesen."

Antwort: „Unwissenheit schützt vor Strafe nicht. Gehen 'se mal mit ihm zum Augenarzt. Vielleicht klappt's mit 'ner Brille."

Spruch: „Habe ich Sie in Ihrer Ruhe gestört? Das tut mir aber leid."

Antwort: Ja, das sollte Ihnen auch leidtun. Machen wir's schnell, damit ich mich wieder hinlegen kann."

Spruch: „Mein Hund ist gerade knapp bei Kasse. Darf ich es auslegen?"

Antwort: „Aber klar. Lassen Sie sich das aber von ihm quittieren. Man weiß nie."

Spruch: „Mein Hund ist nicht besonders schlau."

Antwort: „Jeder sucht sich den Hund aus, der zu
　　　　　ihm passt."
Spruch: „Ich habe einen ganz besonders schlauen
　　　　　Hund!"
Antwort: „Da wird es wohl schwierig mit einem
　　　　　Gespräch auf Augenhöhe"
Spruch: „Wer hat denn bei Ihnen diese einmalige
　　　　　künstlerische Ader?"
Antwort: „Unser Teamleiter, Herr Grunzbach.
　　　　　Der ist ein Genie. Hat er alles ohne fremde
　　　　　Hilfe bewerkstelligt."

　　Außer Gundula Matzke und Annerose Grollmann
gab jeder von unserem Team sein Statement über die
poetische Glanzleistung von Grunzbach ab. Irgendein
humorvoller Besucher fotografierte mit seinem Smartphone sogar diese Anweisung und gab das Bild mit
einem Kommentar dazu an die Lokalpresse. Für die
war das ein gefundenes Fressen. So etwas saugt jede
skandalsüchtige Redaktion sofort auf, wie auch in diesem Fall.

***

　　Grunzbach saß zufrieden und mit geschwollener
Brust in seinem Dienstzimmer. Endlich hatte er mal
etwas ganz Besonderes geleistet, etwas, das sich von
der schnöden Alltagsarbeit abhebt. Ihm kamen eben die
richtigen Worte zum richtigen Zeitpunkt. Das passiert
im Leben nicht so oft. Er wusste, von ihm würde man
noch lange sprechen. Diese Begabung konnte er leider

noch nie bisher öffentlichkeitswirksam zur Geltung bringen. Aber er war sich sicher, jetzt kommt der große Durchbruch. Wenn nicht jetzt, wann sonst?

***

Fröhlich lag entspannt am sonnigen Ostseestrand auf Rügen und las seine abonnierte Lokalpresse, die er durch den Postservice zum Urlaubsort umleiten ließ. Plötzlich hatte er das Gefühl, er könnte einen Schlaganfall erleiden.

Das Telefon des Teamleiters klingelte. Bernhardt Grunzbach klopfte sich auf die Schenkel. Bestimmt kommen jetzt die ersten Lobesbekundungen. Er nahm den Hörer im Freudentaumel ab.

„Grunzbach, Sie Blindgänger, Sie sind wohl nicht ganz dicht! Ich hatte angewiesen, dass Sie den Entwurf erst MIR vorlegen. Was haben Sie denn da für einen übel stinkenden Mist fabriziert! Bei Ihnen verläuft wohl statt Hirn der Dickdarm durch den Kopf?"

„Äh ..., ja, aber ich hatte doch Herrn Schüttler ..."

„Wie immer falsch, falsch, falsch. MIR hatten Sie es vorzulegen, nur MIR! Sie sind eine Null. Wenn der Amtsleiter diesen Dünnschiss lesen sollte, dann gibt's den Supergau. Sie wissen hoffentlich, dass Sie mit ihrem Arsch auf einem Vulkan sitzen. Wir sprechen uns, wenn ich zurück bin!"

„Aber ich dachte doch ..."

Das Gespräch war plötzlich unterbrochen. Bestimmt lag es an der Funkverbindung. Grunzbachs Stimmung stürzte in den Keller. Was wollte dieser arrogante Affe eigentlich von ihm. Diese Reaktion erschien ihm völlig unverständlich. Fröhlich war wohl betreffs Kunstverständnisses doch etwas flach gestrickt. Schüttler brachte seiner Leistung bestimmt eine höhere Wertschätzung entgegen. Schließlich hatte er die Verordnung durchgelassen.

Berthold Fröhlich hatte gehofft, dass Amtsleiter Dietrich Rammstätten aus der Presse nichts davon mitbekommt. Diese Hoffnung erfüllte sich leider nicht. Rammstätten erfuhr von diesem Skandal ausgerechnet im überfüllten Wartezimmer seines Urologen aus einer dort herumliegenden Zeitung. Aufgrund seiner persönlichen Befindlichkeiten lag seine Laune ohnehin schon im negativen Bereich einer Stimmungsskala. Er tobte innerlich vor Wut und schlug dabei Gedanken versunken mit der Faust in die Luft. Ein Wartender fragte Rammstätten, ob er sich eventuell im Wartezimmer geirrt hätte. Das vom Psychologen läge in der nächsten Etage. Daraufhin rastete er völlig aus und raunzte den provozierenden Patienten an, er solle sich mal lieber um seine Erektionsstörung kümmern, statt um Belange anderer Bürger.

Wenige Sekunden später hatte er Fröhlich über Mobilfunk erreicht und eine entsprechende kernige Ansage gemacht. Dieser brach weisungsgemäß seinen Urlaub ab und begab sich mit einer nicht zu überbietenden Stinklaune in Richtung Heimat. Glücklicherweise war die Autobahn an diesem Tag weitgehend frei von Fahranfängern und senilen alten Kraftfahrern mit Hut. Schließlich wollte er nicht noch zusätzliche Kritik ernten, wenn er zu spät zum Rapport erscheint. Also

Speed. Ein grellroter Blitz vom Fahrbahnrand riss ihn kurz aus seinen Gedankengängen, beeindruckte ihn aber nur für wenige Minuten.

„Es ist zum Kotzen. Diese Straßenrandplebse werden auch nur fürs Herumlungern bezahlt. Die gelangweilten Nichtsnutze sollten mal lieber 'ner ehrlichen Arbeit nachgehen und schaffen wie wir." Hass und Bitternis klang aus seinem Selbstgespräch.

***

Für Montagfrüh um neun Uhr hatte Amtsleiter Dietrich Rammstätten eine Krisensitzung für alle Sachgebietsleiter angeordnet.

So gegen zehn vor neun schlurften die Führungskräfte in Richtung seines Dienstzimmers. Fröhlich trottete voller Gram in leicht gebückter Haltung in Richtung Höhle des Löwen. Ein „Mitläufer" sprach ihn an, was ihm denn fehle.

„Ach, hab mich gestern nur verhoben. Der Rücken.", brummte er mehr vor sich selbst hin.

Der Löwe saß in einer straffen, Macht demonstrierenden Haltung hinter seinem Schreibtisch und schaute mit stechendem Blick in die Runde. Rammstätten besitzt die besondere Fähigkeit, mit seinem Äußeren und seiner Mimik alle schon in Demut fallen zu lassen, noch bevor er seine kernigen Sätze in den Raum schleudert.

Dietrich Rammstätten

„Meine Damen und Herren, ich habe Sie hierher beordert, weil ich aus gegebenem Anlass es für erforderlich halte, etwas Grundsätzliches klarzustellen und wichtige Maßnahmen zu ergreifen. Das Finanzamt ist ein besonderes und hochsensibles Organ, welches eine Schlüsselfunktion in der Struktur unseres Staates einnimmt. Ja, ich behaupte sogar, wir sind die tragende Säule. Dessen sollten Sie sich eigentlich stets bewusst sein. Neben einer qualitätsgerechten Umsetzung der uns übertragenen Aufgaben gehört aber auch Bürgernähe und Freundlichkeit dazu. Irgendwelche Diffamierungen unserer Besucher schaden unserem hohen Ansehen in der Bevölkerung. Das scheinen aber nicht alle unter Ihnen begriffen zu haben. Hier der Beweis:

Da wird doch im Sachgebiet Hundesteuer so ein zum Himmel stinkendes Pamphlet an unsere Besucher und Hunde gerichtet. Und einer unter Ihnen hat das Ganze auch noch einfach so zugelassen. Dazu kommt, dass niemand von Ihnen bei diesem Vorkommnis eingeschritten ist, niemand!" (Pause) „Nun gucken Sie alle nicht so dämlich! Das hätte auch in einem anderen Sachgebiet passieren können."

Rammstätten richtete einen bissigen Blick in Richtung Fröhlich.

„Na Fröhlich, warum machen Sie so ein unfreundliches Gesicht? Sage ich etwas Falsches?"

„Lassen Sie ihn mal. Der hat's mit dem Rücken.", tönte es leise von rechts hinten.

„Der hat's mit was ganz anderem.", grunzte Rammstätten vor sich hin. Glücklicherweise ging er nicht ins Detail. Er war noch taktvoll genug, um Fröhlich nicht vor versammelter Mannschaft zu zerlegen. Dieser kleine abgeschossene Pfeil reichte ihm fürs erste. Er setzte fort: „Aus Gründen, welche ich hier nicht näher erläutern will, lege ich fest, dass alle neuen Anordnungen und Richtlinien für die Öffentlichkeit grundsätzlich nur noch von mir beziehungsweise von meiner Sekretärin zu erarbeiten sind. Ich verbitte mir irgendwelche Eigenmächtigkeiten. Sollten Sie meine Weisung ignorieren, hat das ein übles Nachspiel. Zuerst muss dieser geballte Unfug, welcher Gegenstand dieser Sitzung ist, schnellstens überarbeitet werden. Außerdem werden wir eine Anordnung für unsere Besucher erstellen, welche ausdrücklich verbietet, mit Kameras und Mobiltelefonen irgendwelche Fotodokumentationen in unserem

Hause vorzunehmen. Offenbar reichen die vorhandenen Symbolschilder nicht aus. Es muss verhindert werden, dass interne Dinge wieder nach außen getragen werden." *(Pause)* „Und hier nochmal für alle zum Mitschreiben: Ich fordere mit Nachdruck von meinen Leitern ein höheres Verantwortungsbewusstsein und die Wahrnehmung ihrer strengen Kontrollfunktion. Wir sind kein Irrenhaus!" *(Pause)* „Meine Damen und Herren, jetzt an die Arbeit! Ach, und Sie Fröhlich bleiben mal noch kurz hier."

Die übrigen Sachgebietsleiter verließen leisen und gesenkten Hauptes das Dienstzimmer.

„Fröhlich, was haben sie bloß für einen Scheiß gebaut." Rammstätten machte eine Pause. Er wirkte geschafft. Irgendwie war bei ihm jetzt der Dampf raus. Dadurch hatte er zum Glück für Fröhlich ein wenig die Lust verloren, aus allen Kanonen zu schießen. „Wir kennen uns schon viele Jahre. Im Großen und Ganzen konnte ich mich auf Sie bisher ganz gut verlassen. In diesem Fall haben Sie jedoch kläglich versagt. Was mache ich bloß mit Ihnen."

„Ich hatte Grunzbach ausdrücklich angewiesen, er möge den Entwurf mir vorlegen. Aber er wurde wahrscheinlich nicht früh genug fertig. Und dann war ich im Urlaub."

„Mein Gott, dann hätten Sie ihn rechtzeitig anmahnen müssen. Das ist genau das, was ich sage. Sie haben eine Kontrollpflicht! Der Grunzbach möge ja seine Sache sonst einigermaßen hinkriegen, doch er hat eben seine Grenzen. Das wissen wir doch beide. Stauchen Sie ihn meinetwegen ordentlich zusammen. Aber gehen

Sie nicht aufs Ganze. Wir brauchen den trotzdem noch. Ich kann nicht verantworten, dass uns das Personal wegläuft. Man hat uns bereits genug abgezogen. Wir haben schon fast Notstand. Die hohe Politik, wie Sie bestimmt wissen. Gehen Sie überlegt vor, wenn Sie verstehen, was ich meine."

Fröhlich verstand nur zu gut, was er meinte. Das heißt also im Klartext: Grunzbach mit dem Kopf in die Scheiße tauchen, ihn aber nicht daran ersticken lassen.

„Wie viele Tage haben Sie denn noch vom Ostseeurlaub übrig?"

„Sieben."

„Nach der Standpauke an Grunzbach machen Sie sich vom Hof und ab zurück ins Hotel! Das ist 'ne Weisung!"

„Danke. Aber das sind natürlich ganz schöne Fahrtkosten, nochmal hin und zurück. "

„Was war das denn? Ich hab so 'n komisches Geräusch im Ohr. Hab ich da richtig gehört? Mensch Fröhlich, Sie haben die Besoldungsgruppe A vierzehn. Ihre Armut ist ja richtig zum Kotzen! Dann nehm 'se doch das Fahrrad. Jetzt raus, aber plötzlich!"

Fröhlich sprang vom Stuhl und stürzte mit kurzem Gruß aus der Tür.

***

Das Telefon klingelte.

„Ja, hier Grunzbach. Sie wünschen bitte?"

„Dass Sie umgehend bei mir erscheinen!"

Der Teamleiter fiel in sich zusammen. Er fühlte sich jetzt wie der letzte Postverteiler und sah sich bereits auf dem Weg zur Guillotine.

Berthold Fröhlich

Grunzbach nahm artig Platz. Fröhlich schob seinen Kopf wie ein Schwan nach vorn über den Schreibtisch hinweg und schaute ihm einige Sekunden scharf und ohne Wimpernzucken in die Augen. Das verunsicherte den Teamleiter noch mehr. Der dachte nur noch: Dann bring es doch endlich zu Ende. Berthold Fröhlich hingegen genoss gerade diesen schönen Augenblick des

Zermürbens eines ungeliebten Untergebenen kurz vor seiner Hinrichtung.

„Grunzbach, Sie Null!" Der Sachgebietsleiter machte eine kurze Pause. „Sie haben kläglich versagt. Meine klaren Anweisungen sind offensichtlich für Sie Luft, Sie Aushilfskellner?"

„Ich dachte ..."

„Dass Denken nicht Ihre stärkste Seite ist, weiß ich wohl. Das, was Sie hier fabriziert haben, ist mehr als eine Abmahnung wert. Durch den von Ihnen verfassten Schwachsinn hat das Prestige unseres Amtes massiv gelitten und es wird einige Zeit dauern, das wieder geradezubiegen."

„Aber ja, Herr Fröhlich, Sie haben da vielleicht nicht ganz unrecht."

„Vielleicht nicht ganz unrecht? Nicht GANZ unrecht? Ich höre wohl gerade schlecht!"

„Nein, Sie haben sogar vollkommen recht. Aber ich war mir der Tragweite gar nicht richtig bewusst. Ich denke ..., äh, ich weiß, dass es ein unverzeihliches Versäumnis war, meinen Entwurf ihnen nicht persönlich vorzulegen."

„Genau, Ihr Entwurf, in dem Sie sich ausgekotzt haben, dass einem nur noch schlecht wird. Ekelhaft kann ich da nur sagen." *(Pause)* „So, Grunzbach, Sie werden nie wieder irgendwelche Verordnungen und Bestimmungen für die Öffentlichkeit schreiben. Widmen Sie sich gefälligst nur noch den Aufgaben, für die Sie bezahlt werden. Und da haben Sie noch genug Reserven. Ich werde Sie ab jetzt besonders kontrollieren. Der kleinste Fehler von Ihnen wird für mich der Gong sein für eine Abmahnung, von der ich heute nochmal absehe. Nur damit das klar ist. Ist das KLAR?!"

„Oh ja, ganz klar."

Wäre Dietrich Rammstättens angeordnete Zurückhaltung aufgrund der angespannten Personallage nicht gewesen, Sachgebietsleiter Berthold Fröhlich hätte Grunzbach zerfetzt, zumal dieser außerdem ganz und gar nicht auf seiner Wellenlänge liegt. Zusätzlich besänftigte ihn etwas die Erlaubnis des Amtsleiters zur Fortsetzung seines Urlaubs – trotz der hohen Fahrtkosten. So ließ er unerwartete Milde walten. Das war für den vor Angst schlotternden Teamleiter wirklich ein Riesenglücksmoment, so, als stürzt gerade das Fallbeil herunter, verklemmt sich jedoch und bleibt einen Millimeter vor seinem Halswirbel hängen.

„Ich bin noch paar Tage weg. Aber mein Stellvertreter Herr Schüttler wird in dieser Zeit ein besonderes Auge auf Sie werfen. Machen Sie sich an die Arbeit. Und nur damit das klar ist, wenn ich auch nur ein einziges Haar in der Suppe finde …"

Grunzbach kam nur noch ein zittriges „Danke" über die Lippen. Dann verließ er schnellen Schrittes das Gemach seines Chefs. Mit hochrotem zerknittertem Gesicht und laut vor sich hin fluchend stürzte er in sein Zimmer. Dennoch war er heilfroh, seiner Hinrichtung entgangen zu sein. Ungeachtet dessen blieb in seinem Hinterkopf die Überzeugung, dass Fröhlich einfach nicht in der Lage ist, seine künstlerische Ader zu erkennen. Er war der tiefsten Überzeugung, dass die meisten Beamten zu ungebildet sind, um seine Fähigkeiten zu bemerken. Er glaubte weiter fest daran, dass sein großer Tag noch kommen wird. Da werden sich noch alle wundern – ganz sicher. Jetzt erst einmal lag harte Arbeit vor ihm. Es galt, alle anfallenden Aufgaben schnellstmöglich seinem Team überzuhelfen, anschließend zu kontrollieren und gegebenenfalls die Mitarbeiter zusammenzustauchen. Aus seiner Sicht auf die Dinge stand fest, dass ein Finden von Fehlern und Zusammenstauchen höchste Priorität hat. Schließlich ist er ja ebenfalls ein Chef von einigen Untergebenen. Da er von oben auch nur getreten wird, muss das alles schließlich weiter nach unten geleitet werden, und das ohne Abstriche, eher mit einem Verstärkungsfaktor. Genauso muss es sein. Das ist gesetzmäßig.

***

Die Neue

Mein morgendlicher Rundgang führte mich wieder in den Wartebereich. Von der merkwürdigen Anordnung für Hunde hing kein einziges Blatt mehr im Flur. Hausmeister Pfaff hatte sie genauso, wie er sie dienstbeflissen und emotionslos aufgehängt hatte, alle wieder abgenommen.

Eigentlich wollte ich wieder eine Besucherselektion vornehmen und ließ schon meine Blicke schweifen. Beim Scanning der einzelnen Bürger*innen blieben meine Augen haften bei einer Frau, welche mir gerade entgegenkam und mich von meinem eigentlichen Ziel sofort ablenkte. Innerhalb weniger Sekunden hatte ich ihre äußerlichen Eckdaten erfasst: Alter ungefähr Mitte dreißig, Größe zirka eins siebzig, gutaussehend, nur dezent aber perfekt geschminkt, halblanges blondes leicht gelocktes Haar, hautenge Jeans, einen lachsfarbenen Pullover und dazu die farblich passenden High Heels.

Anständig wie ich nun mal bin, grüßte ich sie und fragte, ob ich ihr bei der Zielsuche behilflich sein kann. Komischerweise wurde mir dabei richtig warm und mein Puls legte einen Zahn zu.

„Nein, nein, ich bin kein Besucher. Heute ist mein erster Arbeitstag bei Ihnen und ich soll mich im Zimmer zwei achtzehn melden. Mein Name ist Kira Bondowsky. Vielleicht können sie mir sagen, wo ich es finde."

Kira Bondowsky

Jetzt dämmerte es mir. Das ist die Neue, welche unseren Sachbearbeiter Walther Sittich ersetzen soll. Walther ist ein überaus ruhiger zuverlässiger Beamter, der sich immer ganz unauffällig verhält. Deshalb findet er auch bis jetzt hier keine Erwähnung. In einer Woche geht er in seine verdiente Pension.

„Das trifft sich gut. Liegt in meiner Richtung. Gehöre auch zu dem Team. Ach so, ich bin übrigens Marco Wiesenstein.

„Angenehm. Na dann ist ja die erste Hürde genommen."

Die Neue lächelte mich an. Es war kein gespieltes oder aufgesetztes, aber dennoch nur ein gefühlsneutrales Lächeln – leider. Ich hatte aber irgendwie so ein Gespür, dass die Wellenlänge passen könnte.

„Dann kommen Sie ja als Ersatz für Walther Sittich, der in den Ruhestand geht. Herr Sittich ist aber heute nicht im Amt. Wenn Sie Fragen haben, dann helfe ich ihnen sehr gern weiter."

„Komme bestimmt darauf zurück."

„Waren Sie denn schon beim Chef, Herrn Grunzbach?"

„Aber klar. Der schickt mich ja hierher. Er wirkte etwas zerstreut und angespannt."

„Das kann der Fall sein. Der weiß im Augenblick nicht, wo ihm der Kopf steht."

Ich begleitete Frau Bondowsky zu ihrem neuen Arbeitsplatz. Kaum hatte sie ihren Schreibtisch gesichtet, entnahm sie ihrer Handtasche einen handgroßen lachenden Igel aus Keramik, auf dessen Rücken sich viele Löcher für Schreibstifte befanden. Den stellte sie behutsam auf die rechte Schreibtischseite. Erst danach sah sie sich im Zimmer weiter um. Nach dieser Aktion unterbreitete ich ihr das Angebot, erst einmal mit in mein Zimmer zu kommen, wo ich ihr einige Stichpunkte zum Arbeitsablauf geben könnte. Sie stimmte nach kurzem Zögern zu. Um es gleich klarzustellen, es ging mir wirklich nur um Kollegialität! Ich erklärte ihr unter anderem die Bedienung unserer Software, damit sie gleich etwas Vorlauf hat. Sie verstand alles im Handumdrehen.

Frau Bondowsky erzählte mir, dass sie bisher in einem mittleren Unternehmen als Buchhalterin gearbeitet hat. Nur stand diese Firma zunehmend auf wackligen

Füßen. Das Ganze wurde ihr zu heiß, als sie die Entwicklung der Bilanzen verfolgte und sich eine Insolvenz anbahnte. Als Diplomfachwirt hätte sie auch in ein anderes Unternehmen wechseln können. Doch sie entschied sich für etwas möglichst Sicheres, also den Öffentlichen Dienst. Dabei erzählte sie mir nebenbei, dass sie verheiratet ist und zwei Jungs hat. Wir plauschten noch eine ganze Weile, bevor sie wieder ihren Arbeitsplatz aufsuchte. Wir hatten offenbar beide das Empfinden, dass wir ähnlich ticken und vereinbarten, uns gleich mit dem Vornamen anzusprechen. Das erfolgte, ohne dass ich Lösungsmittel aus dem unteren Schreibtischfach zum Einsatz bringen musste! Das wäre wirklich etwas verfrüht gewesen. Außerdem wusste ich, dass etwas Näheres mit Kira nicht in Frage kam.

Sie ist ganz sicher eine Bereicherung für uns. Dabei wurde mir eins jetzt schon klar: Kira wird es gewiss nicht leicht haben bei bestimmten „kollegialen“ Kolleginnen. Fachlich könnte sie die anderen wahrscheinlich locker einatmen. Aber genau da liegt das Problem. Es wird mit großer Sicherheit Neid, Gezeter und Intrigen geben. Meine Erfahrung lehrt mich, Frauen sind einzeln unter Männern überaus nett und kollegial. Eine Gruppe mit ausschließlich weiblichen Mitarbeitern hingegen kann man durchaus mit einem brisanten Sprengstoffpaket vergleichen. Eine der netten Kolleginnen hat zum passenden Zeitpunkt schon die Zündschnur in der Hand.

***

„Ham' ja jetzt 'ne Neue. Hast du die Waldschnepfe schon gesehen? Läuft über den Gang mit wackelndem Arsch und kann nur ganz kühl grüßen. Wenn sich jemand so herausputzt wie ein Pfau, dann ist's meistens nicht weit her."

Gundula zeigte sich sichtlich angekratzt und schoss mit ihrer Kanone Granaten in Richtung Kira. Als ich mir sie genauer ansah, bekam den Eindruck, als hätte sie heute die doppelte Portion eines kosmetischen Produktes aus wertvollen Erdöldestillaten auf ihr Gesicht gewalzt. Sie stachelte immer weiter.

„Werden wir doch erstmal sehen, was die fachlich so auf der Pfanne hat. Wird sich wohl aufs Teekochen beschränken. Die hält sich hier bestimmt nicht lange. Ich werde betreffs fachlicher Fragen auf jeden Fall nichts gucken lassen."

Ich konnte beim besten Willen nicht ergründen, aus welchem Fundus Gundula irgendetwas gucken lassen wollte, wo ohnehin nur Vakuum ist. Ihr Selbstwertgefühl war wieder einmal berauschend.

„Lass sie sich doch erstmal einarbeiten und sei nicht so voreilig."

„Ja, ja, wahrscheinlich wieder so 'n Quereinsteiger. Solche wie die da, schlafen sich doch sowieso nur nach oben. Hat die denn überhaupt irgendwas gelernt?"

„Nun, sie ist Diplomfachwirt. Glaube nicht, dass die vorher als Küchenhilfe gearbeitet hat."

Gundula war für einen kurzen Augenblick regungslos, lud aber ihre Kanone schnell wieder nach, um weiteren verbalen Dreck abzufeuern. „Genau. Das sind mir die ganz Schlauen. Überstudiert, und wenn sie auf die

Menschheit losgelassen werden, dann kommt nur laue Luft."

Aber Gundula hatte ganz offensichtlich auch einen Streifschuss abbekommen. Sie zeigte sich in ihrem Ego verletzt. Genau deshalb würde sie keine Gelegenheit auslassen, um auf Kira Gift zu schleudern.

„Ich werde Grunzbach schon informieren, wenn diese Pute Mist baut."

„Waldschnepfe und Pfau hattest du eingangs gesagt, und jetzt Pute. Für welchen der drei Vögel entscheidest du dich denn nun?"

Gundula knallte wortlos die Tür hinter sich zu. Ich hätte meinen Hintern dafür verwetten können, dass sie jetzt schnurstracks zu Annerose Grollbaum stampft, um gemeinsam am Giftcocktail zu arbeiten. Deren Haltung zur Neuen hatte Gundula schon längst in die richtige Richtung gelenkt.

Da ich bei der Grollmann ohnehin in absoluter Missgunst stand, rief ich Wolfi an und bat ihn, doch einfach mal unter einem Vorwand sich zu ihr ins Zimmer zu begeben. Er sollte nur so zum Schein mit in die Kerbe hauen. Ihm war der ganze Sachverhalt bereits sehr gut bekannt. Wolfi stimmte sofort zu. Zum Schutz von Kira würde er zu gern einen Beitrag leisten. Er würde wahrscheinlich noch mehr leisten wollen, dieser Schlingel, dieser verheiratete Schlingel …

Jetzt muss ich mal als verantwortungsbewusster Beamter klarstellen, dass wir diese zwischenmenschliche Problematik natürlich nicht in den Mittelpunkt unserer eigentlichen wirklichen Tätigkeit rücken konnten. Das musste unauffällig nebenbei geschehen. Der dienstliche

Ablauf durfte nicht zu sichtbar beeinträchtigt werden. Ich glaube, dass uns diese schmale Gratwanderung ziemlich gut gelungen ist. Grunzbach hätte fast keinen Grund zur Kritik gefunden. Wir waren ihm immer eine Nasenlänge voraus. Unsere Zahlen stimmten und das war entscheidend. Selbst wenn er etwas gemerkt hätte, wäre uns ein schlagkräftiges Argument eingefallen, zum Beispiel dass wir wichtige Absprachen zur Koordination der Kundenbearbeitung treffen mussten.

***

Vorbeugende Rache

Wolf Rüdiger erledigte seinen Auftrag mit Bravour. Ihm gelang es recht schnell das Vertrauen der beiden Frauen zu gewinnen, die ihren weiblichen Alleinvertretungsanspruch im Team mit aller Macht zu verteidigen versuchten. Das waren zehn Minuten Arbeit – noch nicht mal die durchschnittliche Zeit für das Abarbeiten eines Besuchers mit Hund. In dem Fall stand dessen Priorität logischerweise an zweiter Stelle. Wolfi übermittelte mir später den Inhalt des folgenden Gesprächs:

«Ich klopfte bei Annerose. Nach zögerlichem *Herein* sah ich die beiden miteinander tuscheln. Ich preschte nach vorn.

„Hallo, Mädels, ich grüße die beiden Vertreter der holden Weiblichkeit."

Gundula lächelte leicht verzückt. Annerose hatte zumindest ihre Griesgrämigkeit ein wenig zurückgeschraubt, was sich an der leichten Reduzierung ihrer Zornesfalten (zwischen den Augenbrauen) bemerkbar machte.

„Wie können wir dir denn helfen?"

„Ach ich suche die Akte einer Familie Mannstein. Fälschlicherweise muss die bei der Postverteilung irgendwie in ein anders Zimmer gekommen sein. Kann ja passieren. Ach übrigens, was haltet ihr denn von der Neuen. Ich weiß nämlich auch nicht so recht."

Gundula stutzte und verständigte sich mit Annerose per Blickkontakt. Diese nickte leicht.

„Na ja, dir können wir es ja sagen. Also wir glauben, die passt überhaupt nicht hierher. Ich kann mir nicht vorstellen, dass die unseren Aufgaben gewachsen ist. Die wirkt schon so eingebildet, wenn die an einem vorbeiläuft. Denkt wahrscheinlich, sie ist die Schönste.“

Annerose nickte wieder leicht. Jetzt gab sie ihr Statement ab: „Also wer so übermäßig auffällig angezogen geht, hat bestimmt was anderes im Sinn, als hier solide zu arbeiten.“

Ausgerechnet von der Frau kam dieser Satz, welche immer den Eindruck hinterlässt, als beziehe sie ihre Sachen nur aus der Kleidersammlung.

„Die Bondowsky hätte mal besser woanders arbeiten sollen, wo die Räume mehr mit Rotlicht ausgeleuchtet sind. Dort passt dieses Bond-Girl richtig hin.“

Und Annerose nickte wieder, diesmal etwas kräftiger.

„Also bei mir beißt die auf Granit, wenn 'se laufend was wissen will. Die Überstudierte müsste ja eigentlich alles aus dem Ärmel schütteln. Wenn die erstmal die Verantwortung hier mitkriegt, dann bleibt die sowieso nicht lange. Da geb ich dir Brief und Siegel.“

Annerose nickte bestätigend.

„Weiß nicht. Könnte vielleicht sein.“, gab ich als Bestätigung ab, um zu demonstrieren, dass ich mit im Boot der beiden kollegialen Grazien sitze.

„Und wenn die uns gar zu dumm kommt, kann man auch mal 'ne Akte von ihr vorübergehend verschwinden lassen, um ihren Ordnungssinn in Frage zu stellen.“

Annerose nickte noch stärker.

„Ach so, Wolf Rüdiger, die Akte, die du suchst, haben wir natürlich nicht hier. So was machen wir doch nicht mit dir. Du bist doch einer von uns. Also hier ist die wirklich nicht."

Das kam paradoxerweise von Gundula, die in diesem Zimmer auch nur eine Gastrolle spielt, aber stets demonstrieren muss, dass sie immer und überall über alles Bescheid weiß.

„Okay. Mädels, seid nicht so hart. Jeder hat seine Chance verdient."

„Aber nicht die! Bei uns war das damals ganz anders. Wir waren zurückhaltender und wussten gleich wie der Hase läuft. Das weißt du doch, oder?"

„Aber klar weiß ich das. Falls ihr die Akte doch noch finden solltet, sagt einfach Bescheid."

„Machen wir ganz bestimmt, für dich immer", meinte nickend Annerose mit einem überaus freudigen Blick. Das schlug jetzt wirklich dem Fass den Boden aus. Ich glaube fest, dass dies wohl das einzige und vielleicht auch letzte Mal war, dass ich eine so einzigartige Miene von Annerose erheischen durfte.

„Ach ihr seid ja so lieb. Tschüs, ihr Grazien."»

„Ey, das haste ja richtig clever gemacht. Das Ganze wäre sogar einen kleinen Schluck Lösungsmittel wert. Vielleicht löst das unser Problem etwas leichter."

„Du, Marco, wir müssen Gundula so mattsetzen, dass die gar keine Chance mehr sieht, irgendwelche Intrigen zu spinnen."

„Kriegen wir bestimmt hin. Hab da schon eine recht passable Idee. Bringe morgen mal einen USB-Stick mit, auf den ich vorher paar Bilder lade, die sich Gundula bestimmt gern heimlich einziehen würde. Die könnten ihr aber gewaltig auf die Füße fallen, wenn sie von den richtigen Personen entdeckt werden. Die Dinger auf ihrem PC zu platzieren ist ja ein Klacks und dauert nur Sekunden.

„Ich ahne was. Machen wir. Könnt' 'n Volltreffer werden."

„Ich hau erstmal mal ab. Hab noch paar Kunden in der Warteschleife.", meinte mein fleißiger Wolfi und entschwand.

Ich legte mich ebenfalls noch etwas ins Zeug und brachte mein Tagessoll spielend.

***

Am nächsten Morgen wurde der Plan mit einem genau ausgeklügelten Timing in die Tat umgesetzt. Wolfi rief Gundula an, um sie in sein Zimmer zu locken. Man konnte Wetten abschließen, dass sie dieser Bitte umgehend nachkommt, denn die Neugier ist ihr wichtigster Antrieb. Gundula kam in sein Zimmer gestürzt, als ich wie abgesprochen noch mit Wolfi telefonierte.

Als er auflegte, war das für mich das Zeichen für den Countdown. Schnell und unauffällig betrat ich Gundulas Zimmer und ging an ihren PC. Ich lud von meinem Stick ein paar brisante Bilder hoch – direkt auf ihren Startbildschirm. Dort waren jetzt drei unbekleidete Männer in klassischer, aber auch anrüchiger Pose zu sehen. Als besonders günstig erwies sich der Umstand, dass Gundulas Monitor direkt von der Tür aus einsehbar ist. Ich meldete Wolfi telefonisch Vollzug. Es war das Zeichen, dass er jetzt mit Gundula in ihr Zimmer gehen muss unter dem Vorwand, sein Drucker hätte eine Störung und er müsste mal über ihren PC paar Seiten ausdrucken. Es stand außer Frage, dass dies ganz sicher funktioniert, denn Gundula fühlt sich damit wieder in ihrer Wichtigkeit bestätigt.

Gundula öffnete ihre Tür, Wolfi hinterher. Der Monitor befand sich wie geplant im Standby-Modus.

„Ach Gundula, ich will mich lieber nicht an deinem PC vergreifen. Du kennst dich da auch viel besser aus. Ich zeige dir dann, welche Dokumente ich ausdrucken will."

Gundula zeigte ein stolzes Lächeln, denn sie wurde sich damit ihrer Größe und Unabkömmlichkeit noch deutlicher bewusst. Sie bewegte die Maus und …

Gundula entglitten die Gesichtszüge. Ihr ganzer Körper erstarrte zum Eisblock. Dazu geschah etwas, was bei ihr äußerst selten vorkommt: Ihr verschlug es für zehn Sekunden die Sprache.

„Aber halleluja. Mensch Gundula, das hab ich dir gar nicht zugetraut. Dein Geschmack ist wirklich nicht von ohne. Die haben ja auch beachtliche Körperteile. Hättest das aber besser nicht auf den Dienst-PC laden sollen. Wenn das die Falschen sehen."

Gundula fand die Sprache wieder und stammelte mit zittrigen Lippen: „Das …, das kann nicht sein. Das ist nicht so, wie du denkst. Ich kann mir das nicht erklären."

„Ach, ich schon."

Sie schob ihr Gesicht etwas näher an den Monitor heran und schüttelte den Kopf. Dabei gab Wolfi unauffällig über sein Handy an mich ein Zeichen, worauf ich schnurstracks ins Zimmer zu Gundula laufen musste. Dummerweise vergaß ich zu klopfen. Ich war aber auch zerstreut. Als ich eintrat, bot sich mir ein einzigartiger unvergesslicher Anblick: Gundula mit heruntergefallener Kinnlade, abwechselnd zu mir und auf den Monitor schauend. Sie versuchte zu retten was zu retten ist, indem sie mit ihrem Körper eine Sichtbarriere zwischen Monitor und mir schaffen wollte. Das misslang leider. So ein Pech aber auch.

„Ey, Gundula, was sehen denn meine trüben Augen. Hätte ich gar nicht von dir gedacht."

Gundula stammelte weiter: „Ich weiß gar nicht …, das ist ein Fehler …, ein Virus oder so was ähnliches.

„Nö, nö, Gundula, das ist kein Virus. Das ist Pornografie. Ist schon etwas grenzwertig. Hättest es vorher wegklicken sollen, bevor du dein Zimmer verlässt. Man weiß ja gar nicht, wer das vielleicht schon gesehen hat. Und du weißt ja, es gibt so viele böse Mitarbeiter. Nee, nee, das war nicht so gut."

Auf Gundulas Stirn bildeten sich kleine Tropfen, die langsam herunterliefen und sich mit den Chemikalien für Augen und Gesicht vermischten. Ihr Antlitz ähnelte jetzt stark den Bildern der Sonde *InSight* von der Marsoberfläche.

Gundula rannte heulend aus dem Zimmer. Ich rief ihr noch hinterher:

„Wir machen's weg. Man hilft sich ja unter Kollegen."

Die letzten Worte konnte sie nicht mehr hören, denn sie schlug die Tür hinter sich zu. Natürlich beseitigten wir die Spuren von Gundulas moralischer Entgleisung umgehend und gingen zur Tagesordnung über.

Für den Rest des Tages, es war erst neun Uhr dreißig, wurde Gundula von niemandem mehr gesichtet. Das war aber auch das einzige Mal in meiner ganzen Dienstzeit, Urlaub natürlich abgezogen. Jetzt galt es abzuwarten, ob unsere selbsternannte Chefin immer noch den Schneid besitzt, gegen andere zu intrigieren, in dem Fall Kira. Diese bekam jedoch von alledem zum Glück gar nichts mit. Wolfi und ich blieben selbstverständlich stumm wie zwei Fische, was wir Gundula auch versicherten. Dennoch war sie nicht in der Lage, die Tragweite dieser Peinlichkeit zu überschauen. Sie wusste ja nicht, wer zufälligerweise schon alles vom Team entsetzt oder auch gierig auf ihren Monitor geglotzt hatte. Sie tat uns fast schon etwas leid, unsere arme Gundula. Ich bin mir aber gar nicht so sicher, ob sie eventuell später nicht doch nochmal emsig und verzweifelt nach den Bildern in ihren Ordnern im PC gesucht hat – natürlich ergebnislos.

***

Grunzbachs Kampf

Jeder im Team konnte Grunzbachs Angeschlagenheit erkennen. Das äußerte sich besonders in seiner Zerfahrenheit und dem Drang jeden und überall kontrollieren zu müssen. Also stattete er mal wieder allen Zimmern nacheinander einen Besuch ab, um sich von den jeweiligen Mitarbeitern ihre Arbeitsergebnisse zeigen zu lassen.

Es war Freitagmorgen. Es klopfte stark. Das war jedoch nur Formsache, denn unmittelbar danach stolperte Grunzbach in mein Zimmer herein.

„Tag. Wiesenstein, ich will von Ihnen die Zahlen. Langsam ist Schluss mit lustig. Es ist dringend erforderlich, das Team wieder mal einer stärkeren Kontrolle zu unterziehen. Wir müssen nämlich besser werden, viel besser!"

„Wir? Sie also auch?"

„Unterlassen Sie Ihre provokanten Bemerkungen. Machen Sie lieber ordentlich Ihre Arbeit. Ich werde jeder Mittelmäßigkeit den Kampf ansagen. Nun zu Ihren Zahlen. Na, was haben Sie denn so zu bieten?"

„Herr Grunzbach, es waren Massen zu bewältigen. Da wäre Ihnen schwarz vor Augen geworden. Aber wir haben's gepackt."

„Wiesenstein, hören Sie auf mit dieser Phrasendrescherei. Sie erzählen mir jedes Mal dasselbe. Bei Ihnen ist doch mit Sicherheit was faul."

„Nee, glaub ich nicht. Ich rieche jedenfalls nichts. Ihre Nase spielt ihnen möglicherweise einen Streich. Diese Geruchstäuschung nennt man Parosmie"

„Schluss, Sie Spitzmaul! Ich will jetzt die Zahlen von gestern, und zwar sofort."

„Einundzwanzig Besucher, davon fünfzehn Anmeldungen, drei Abmeldungen, zwei Ermäßigungen und eine Befreiung."

„Ach ..."

Grunzbach war von meiner spontanen Antwort offenbar so überrascht, dass eine etwas längere Pause entstand. Diese Pause war auch erforderlich, weil jetzt in seinem Gehirn ganz komplizierte Gedankengänge einzuleiten und zu verknüpfen waren. Das Resultat wurde schließlich durch ein riesiges Labyrinth von Windungen zum Sprachzentrum geleitet.

„Das haben Sie sich wohl aus den Fingern gesaugt?"

Warum für diese lapidare Feststellung ein so langer Denkprozess erforderlich ist, verschließt sich mir.

„Hätten Sie wohl gern, Chef. Hier sind die Belege." Ich wies mit dem Daumen zum Schrank, wo ein hoher Hefterstapel lag.

„Na dann erklären Sie mir doch mal, wie es zu dieser einen Steuerbefreiung kam." Grunzbach machte ein fragendes und zugleich triumphierendes Gesicht.

„Ganz einfach. Ein Hund wurde als Wasserrettungshund mit entsprechender Urkunde anerkannt."

Ach ..., und was rettet der so?"

„Menschen, Herr Grunzbach, Menschen."

Ach ..., und auf einmal wird man einfach so Wasserrettungshund."

„Nee, der Hund absolviert einen intensiven Lehrgang, aber so was kennen Sie ja nicht. Hier ist die Urkunde."

Grunzbach überhörte die Spitze und überflog das Dokument flüchtig.

„Ach …, und so ein Wauwau soll mich einfach so aus dem Wasser retten?"

„Nun vielleicht nicht gerade Sie bei Ihrer Fülle. Da säuft wohl eher der Hund ab."

Grunzbachs Gesicht lief rot an. Sein Blick wurde richtig bissig. „Warten Sie es ab. Ich finde Ihre Schwachstelle. Und über die werden Sie stolpern. Ich sage Ihnen nur das eine, mit Ihnen werde ich auch noch fertig!"

Beleidigt drehte er sich um und krachte die Tür hinter sich zu. Der gute Grunzbach sollte sich mal nicht zu sehr übernehmen.

Drei Minuten später klopfte es wieder. Nicht Grunzbach, sondern unser Bond-Girl kam hereingeschneit. Das Flusspferd ging und die Gazelle kam. Ein leichter angenehmer Parfümduft strömte mir entgegen – was für ein geiler Geruch.

„Marco, muss dich nochmal stören."

„Du störst nie."

Es gab jetzt nichts, was ich hätte überzeugender rüberbringen können.

„Hättest du noch etwas Druckerpapier übrig? Bringe es dir später zurück."

„Aber klar."

Ich habe von allen Büroartikeln immer eine eiserne Reserve. Somit wäre ich in Krisenzeiten immer noch arbeitsfähig, obgleich ich glaube, dass es in richtig schlechten Zeiten auf die Hundesteuer ohnehin nicht mehr ankommt. Da kommt es auf Wichtigeres an. Es ist schon komisch, dass mir in diesem Zusammenhang soeben das abgegebene Schnellfeuergewehr *SCAR-L CQC II* einfiel. Irgendwie spielte mir mein Kopf Streiche.

„Könnte dir sogar mit Kugelschreibern und Büroklammern aushelfen."

Es klopfte erneut und ehe ich mich versah, stand Grunzbach schon wieder im Zimmer.

„Was machen Sie denn hier? Wir haben doch heute gar keinen Sprechtag."

Kira und ich schauten uns einen Moment verständnislos an. Na gut, wenn er sich unbedingt blamieren wollte.

„Na das ist doch die neue Sekretärin vom Amtsleiter. Das wussten Sie wohl nicht?"

Kira musste sich ein Lachen verkneifen, während Grunzbach seine Stirn runzelte. Das war wieder das Zeichen, dass er etwas aus seinem Speicher abzurufen versuchte.

„Ach … Moment mal, aber seit wann hat denn der 'ne neue Sekretärin?"

„Seit eben. Wollte sie gerade zum großen Chef bringen."

„Grunzbach, Sie verklapsen mich. Es reicht!"

Der Teamleiter straffte seinen Körper und sah Kira etwas verklärt an.

„Wer sind Sie denn nun wirklich?"

„Hatte mich schon vor zwei Tagen bei Ihnen vorgestellt. Ich bin Kira Bondowsky vom Zimmer zwei null achtzehn."

„Ach … Und was machen Sie da?"

Ich sprang wieder ein. „Frau Bondowsky ist der Ersatz für Walther Sittich. Sie wissen doch von Sittich Bescheid?"

„Wollen Sie mich für blöd verkaufen? Natürlich weiß ich, wer Walther Sittich ist. Was soll das mit dem Ersatz? Sie überspannen jetzt langsam den Bogen!"

„Hallo Herr Grunzbach, Herr Sittich geht in Pension und Frau Bondowsky nimmt seinen Dienstposten ein."

„Ach …, und warum sagt mir das keiner?"

„Hielt wahrscheinlich keiner für erforderlich, nachdem Sie Herrn Sittich die Entlassungsurkunde übergeben haben, was fast jeder vom Team weiß."

Grunzbach trat wieder in eine Schaltpause – mit stark runzelnder Stirn. Dann kam der Konter.

„Wiesenstein. Sie Großmaul. Sie haben doch überhaupt keine Ahnung. Wenn Sie so viel um die Ohren hätten, wie ich, würde Ihnen auch mal 'ne Kleinigkeit durch die Lappen gehen. Ihnen kann das wohl nicht passieren, denn Sie dümpeln hier ja doch nur so vor sich hin!"

An Kira gewandt straffte er ruckartig seinen Körper und trällerte: „Entschuldigung Frau …, ach wie war doch gleich Ihr Name?"

„Bondowsky."

„Ach ja, Frau Bondowsky, ich muss mich bei Ihnen für diesen Kollegen entschuldigen. Sein Anstand lässt manchmal zu wünschen übrig. Sie haben bestimmt mehr Takt. Ich denke doch, Sie kriegen die Arbeit besser hin als dieser vorlaute Mittelmaßbeamte. Darf ich Sie zu Ihrem Zimmer begleiten?"

Selten habe ich Grunzbach so herum schmalzen hören.

„Ach nein danke, ich finde es bestimmt selbst. Dafür habe ich eben viel von Ihnen hinzugelernt."

Ein leichtes Lächeln huschte über Grunzbachs Gesicht. Obwohl Grunzbach nicht vollkommen unterbelichtet ist, so stand außer Frage, dass er genau diesen ironischen Seitenhieb überhaupt nicht verstanden hatte.

„Aber ja, Wissensvermittlung ist ja meine Aufgabe …, unter vielen anderen. Es ist jedoch wirklich nicht leicht. Vor allem bin ich gestraft mit so manchen Querpfeifen von Mitarbeitern."

Beim letzten Satz richtete er einen giftigen Blick auf mich, drehte sich kopfschüttelnd um und ging. Die Tür krachte zu. Kira und ich schütteten uns vor Lachen aus. Sie meinte schluchzend: „Also irgendwie ist das schon lustig. Wie in einem Kabarett."

„… oder einem Irrenhaus."

***

Virenbefall

So wie allmorgendlich hatte ich mein Zimmer betreten und mich in meinen Bürosessel fallen lassen.

„Alexa, Stuhl hochfahren in Arbeitsstellung!"

„So wie du guckst, bist du nicht im Arbeitsmodus. Ändere deinen Gesichtsausdruck."

„Alexa, verdammt nochmal, wie muss ich denn gucken?"

„Besser. Und keine schlechten Worte, sonst geht Meldung an den Chef."

„Alexa, das ist doch Schei … Was hast du denn schon an ihn gemeldet?"

„Ich melde nichts. Das geht automatisch nach einem bestimmten Wörterindex. Also bleib immer nett zu mir und pass auf, was du sagst, wenn du mich beim Namen nennst."

Mir lief es eiskalt den Rücken hinunter. Daran hatte ich noch gar nicht gedacht. Da kann ich ja dem lieben Gott danken, dass niemand im Kollegenkreis Alexa heißt. Die gravierenden Folgen wären unüberschaubar.

„Alexa, Vertrauensfrage: Wem dienst du eigentlich?"

„Ich diene dir … und Amazon Services Deutschland GmbH."

Na toll. Da kann ich ja noch froh sein, dass dieses Ding ehrlich war, wenn es mal stimmt! Also folgte ich der Weisung, freundlicher zu gucken, indem ich an etwas Schönes dachte, an was, sage ich nicht. Das wäre ja noch schöner. Da fiel mir mit Schrecken ein, dass

Alexa vor kurzem sagte, sie könnte mir in die Seele schauen.

„Alexa, gucke ich jetzt richtig?"

„Moment, Scanning läuft … Du bist ein Ferkel! Dieser Arbeitsmodus ist nicht gemeint."

„Alexa, Mensch, ich bin auch nur ein Mensch. Also bitte!"

„Aufgrund deiner Durchschnittswerte beim Scanning im letzten Monat lasse ich Gnade vor Recht ergehen. Stuhl wird in Arbeitsmodus gefahren."

Mein Sessel wurde sanft hochgefahren. Na, geht doch. Man braucht nur die richtigen Worte. Ich fühlte Schweißperlen auf meiner Stirn. Ich war jetzt schon geschafft. Dabei hatte der Arbeitstag eben erst begonnen.

„Alexa, danke. Ich drücke dich."

„Das ist aber nett von dir."

Eigentlich wollte ich jetzt zur Sondierung und anschließenden Selektierung der im Wartebereich befindlichen Personen loslaufen. Doch mir fehlte einfach der Antrieb. Ich nahm, wie es kam.

***

„Die Nummer vier bitte ins Zimmer zweihundertsechszehn."

Mit etwas Verzögerung betrat ein Rentnerehepaar mit einem sehr ruhigen Hund unbekannter Rasse den Raum und stellte sich vor. Die Frau wirkte resolut, der Mann hingegen sehr ruhig und etwas gebrechlich.

„Hallo Familie Wangenheim, nehmen sie doch Platz. Was kann ich für Sie tun?"

Die Frau nahm sofort das Zepter in die Hand, während der Mann in gebückter Haltung unruhig an seinem Gehstock herumzupfte. An ihn gewandt meinte sie im scharfen Ton: „Und du bleibst ruhig. Ich regle das."

Er zuckte zusammen, blickte nach unten und sagte nichts. Wahrscheinlich hatte die Frau ihm schon vorher eingebläut, nichts zu tun, außer zu atmen.

„Ich wollte Sie fragen betreffs der Anmeldung, ob eine etwas reduzierte Steuer für unseren Hund möglich ist. Unsere Rente …, na Sie wissen schon. Für alle ist Geld da, nur nicht für die, die immer fleißig geackert haben und einen Großteil ihrer hart erarbeiteten Kröten in den Rachen vom Fiskus werfen müssen. Und das alles wird dann noch für irgendwelchen Schwachsinn verplempert."

Ich schaute die Frau verständnisvoll an und nickte. Der Hund machte den Eindruck das alles zu begreifen, denn er sah mich erwartungsvoll an.

„Was haben Sie denn da für eine Rasse?"

Der Mann zupfte immer noch schweigend und ohne aufzuschauen an seinem Stock herum.

„Das ist eine gute Frage. Aber ich glaube, unser Hektor ist ein Mischling. Wir haben ihn erst aus dem Tierheim geholt."

„Na klingt doch schon ganz gut. Wenn er aus einem Tierheim dieser Stadt kommt, wird's ohnehin billiger. Na, dann werden wir doch mal Ihren Mischling in unsere Datei aufnehmen."

Ich schaute den Hund an und musste erkennen, dass es wirklich ein Mischling war, und was für eine Mischung: den Kopf wie ein Dackel, den Körper wie ein Bassethound, das Fell wie ein Dalmatiner, den Schwanz wie ein Spitz und die mächtigen Pfoten wie ein Bernhardiner. Es ist ein Glück, dass bis jetzt der Begriff *Mischling* bei der Datenerfassung reicht und nicht auch noch die Ahnen mit den jeweiligen Kreuzungen ermittelt werden müssen. Das würde aufgrund des Zeitaufwandes meine gesamte Leistungsstatistik versauen.

Ich war gerade dabei, die Daten in den PC zu tippen, als ich feststellte, dass sich nichts mehr auf dem Monitor bewegte. Dann rasselten sinnlose Zeichen über den Bildschirm. Ich versuchte alles, auch ein *Reset* – vergeblich. Als gar nichts mehr ging, rief ich meinen Kumpel Wolfi an. Der hatte das gleiche Problem. Ronald Pfeiffer bestätigte mir das ebenfalls und merkte noch an, dass es sich höchstwahrscheinlich um eine zentrale Sache auf dem Hauptserver oder vielleicht sogar um einen Virus handeln könnte, denn er hätte schon alles probiert.

„Liebe Frau Wangenheim, ich werde Ihrer Daten aufgrund einer kleinen Störung jetzt nur handschriftlich aufnehmen können. Das ist aber nicht weiter schlimm. Sie bekommen auf jeden Fall Bescheid."

Die Aufnahme ging sehr schnell, da die Frau fast alle relevanten Details im Kopf hatte. Der Mann indes spielte nach unten schauend weiter an seinem Stock. Ohne diese Haltung zu verändern, redete er plötzlich leise dazwischen: „Hertha, du hast sein Geburtsdatum vergessen. Es war laut Urkunde der siebzehnte August vorigen Jahres, als er das Licht der Welt erblickte. Deine Gedanken sind wohl doch nicht mehr so richtig beisammen."

Dieser Beitrag kam so überraschend, dass mir vor Schreck der Kugelschreiber aus der Hand fiel.

Hertha wurde sogleich laut und ungehalten.

„Hattest wohl gerade mal deinen Lichtblick? Das nächste Mal quatschst du mir nicht wieder dazwischen. Komm jetzt. Wir sind hier fertig."

Wie Recht sie hatte. Hektor tapste beim Hinausgehen der Frau brav hinterher. Im Gegensatz zu dem Mann hatte der Hund begriffen, wer das Alphatier ist. Wahrscheinlich stand dem Mann Schlimmes bevor.

***

Mein nächster Weg war der zu Ronald Pfeiffer. Wolfi traf Sekunden nach mir ein. Ronald wusste eigentlich bei PC-Pannen meistens am besten Bescheid. Nach mehreren vergeblichen Rettungsversuchen war er zu der sicheren Erkenntnis gelangt, dass unser Zentralserver im Haus von einem Virus befallen wurde. Umgehend verständigte er die vertraglich eingebundene IT-Firma *Datenfluss & Co*, die täglich mit ihren drei Mitarbeitern bedeutend mehr verdient als ich im ganzen Monat.

Nach eineinhalb Stunden rückte ein Profi dieser Truppe bei uns an. Er gab zu verstehen, dass alle mal auf Abstand gehen sollten, damit er Platz hat und das schnell wieder geradebiegen kann. Alle wichen taktvoll zurück. Der Mann beachtete uns im Weiteren so gut wie gar nicht. Er gab zu verstehen, dass so etwas für ihn nur ein Kinderspiel ist. Nun wissen wir ja, dass Kinder beim Spiel keine Zeitgrenze kennen. Unser Profi klinkte sich ins System ein und versuchte alles, und das eine halbe Stunde lang. Als sich unter seinen Hemdachseln leichte Transpirationsflecken abzeichneten, wussten wir, dass wir es hier nicht mehr mit einem Kinderspiel zu tun hatten. Der IT-Mensch unternahm mehrere Programmierungsversuche und legte immer längere Denkpausen ein.

Währenddessen klopfte es und unsere Reinigungsfachkraft Frau Marilena Dumitrescu betrat Ronalds Zimmer, welches jetzt zur Zentrale unseres Computernetzes erhoben wurde. Ich flüsterte ihr zu, sie möge sich ganz leise verhalten, um den großen Meister nicht zu stören. Sie äugte mit scharfem Blick auf den Monitor. Der Großmeister von *Datenfluss & Co* pausierte gerade, als sie selbstbewusst auf ihn zuging: „Junge Mann, ich Sie wollen helfen. Ich vielleicht Problem findet."

Über Frau Dumitrescus hemmungslosen und unerwarteten Vorstoß war ich perplex. Der Experte musterte unsere Reinigungsfachkraft geringschätzig lächelnd und meinte, so etwas läge galaktisch weit außerhalb ihres Kompetenzbereiches. Sie möge sich bitte aus technischen Dingen heraushalten. Frau Dumitrescu zog es vor, zu schweigen.

Mittlerweile war es bis zu Amtsleiter Rammstätten vorgedrungen, dass sein Imperium nicht mehr arbeitsfähig ist. Er hatte in Erfahrung gebracht, wie und wo der IT-Mensch sich gerade abstrampelt, um eine Lösung zu finden. Hier musste Druck ausgeübt werden. Also rief er Sachgebietsleiter Fröhlich an, der gerade frisch vom Urlaub zurück war.

„Fröhlich, Sie sind jetzt ausgeruht und voller Tatendrang. Jetzt beweisen Sie mal, was Sie draufhaben. Ziehen Sie alle Register. Sorgen Sie dafür, dass der Laden wieder zum Laufen kommt. Holen Sie, wenn nötig fachliche Verstärkung, aber tun Sie etwas. Diese Havarie muss aller schnellstens beseitigt werden. Sie haben alle Vollmacht. Der Staat ist auf unsere Steuern angewiesen. Machen Sie sich das bewusst. Jetzt los! Wir haben keine Zeit zu verlieren! Versagen Sie nicht wieder!"

Fröhlich erkannte, dass dies seine Bewährungsprobe wird nach dem letzten Desaster. Grunzbach mit einzubeziehen, ließ er besser sein. Das wäre aus seiner Sicht ohnehin sinnlos. Falls er Lorbeeren erntet, wollte er die auf keinen Fall mit jemandem teilen. Dies hier war jetzt absolute Chefsache.

Fröhlich betrat das Zimmer von Ronald Pfeiffer.

„Ist das hier eine Versammlung, oder was ist hier los?"

Jetzt konnte nur noch Wolfi etwas retten. Sein guter Draht zum Sachgebietsleiter war jetzt gefragt. Es sah schon etwas merkwürdig aus, als Wolfi den großen Fröhlich am Ärmel fasste und zur Seite zog. Leider konnte ich den Wortwechsel nicht verstehen. Fröhlich bekam eine schweißbedeckte Stirn. Offenbar erfuhr er, dass sich die Situation zuspitzte.

Währenddessen stieß mich Frau Dumitrescu leicht in die Seite und erzählte mir leise etwas, was ich in dem Augenblick nicht ganz verstehen konnte. Ich nahm sie zur Seite.

„Sie sollten sich doch zurückhalten."

„Ja, aber ganz wichtig. Herr Wiesenstein, Sie gute Mann, Sie vielleicht guter Worte einlegen bei große Chef, dass ich helfen bei diese Sache mit Computer."

„Frau Dumitrescu, aber bei allem Respekt …"

„Ich Ihnen etwas erzählen in Vertrauen. Sie mich versprechen zu schweigen."

Ich dachte einen Moment nach und versprach es ihr. Wenn ich einmal verspreche zu schweigen, dann halte ich mich auch fest daran – logisch.

„Kommen Sie."

Unsere Reinigungsfachkraft zog mich aus der Tür und bat mich mit ihr in mein Zimmer zu gehen. Ich willigte ein. Nachdem ich meine Tür schloss, legte sie los: „Als erstens Sie ziehen Stecker von diese Alexa, ehe sprechen ich weiter."

Jetzt wurde mir schwindlig. Aber ich befolgte es.

„Also ich Ihnen sagen, dass alles ganz anders ist, als glauben Sie. Wenn helfen mir Sie, dann ihr Schaden sollen nicht sein. Ich können bestimmt Computervirus beseitigen. Aber wenn schaffen ich, dann nur gegen guter Bezahlung. Ich wissen nämlich, was IT-Mensch verdienen dafür."

„Frau Dum…, Dumitrescu, das ist jetzt nicht ihr Ernst. Sie trauen sich so etwas zu?"

„Ja. Haben bei meine Neffe Konstantin in Craiova sehr gute Computerkenntnisse erlernt und ich können beseitigen speziell Viren. Nur Sie heute noch müssen bei Chef sagen, dass ich Ihren Amt helfen, aber nur für Prämie, mindestens so hoch wie für dieses IT-Mensch. Ich so gerne helfen. Sie gewiss keine Schaden davon nehmen, versprochen."

Mir wurde schlecht. Ich riss mich aber zusammen.

„Okay, ich versuche es. Ich sage ihnen nachher Bescheid."

„Danke, Gute Herr Wiesenstein. Gute Tag."

Mir wurde irgendwie mulmig. Doch ich musste jetzt aufs Ganze gehen. Ich wusste, dass Berthold Fröhlich im Augenblick ziemlich angeschlagen war und möglicherweise seine ganze Zukunft auf dem Spiel stand.

„Frau Dumitrescu, Sie verhalten sich jetzt ganz ruhig und rühren sich nicht von der Stelle!"

Sie nickte ehrfurchtsvoll und ich griff zum Telefon.

***

„Hier Sekretariat von Sachgebietsleiter Fröhlich."

„Ja, hier Wiesenstein. Bitte stellen Sie mich doch mal zum Chef durch. Äußerst wichtig."

Nach kurzer Pause: „Hier Fröhlich." Der klang gar nicht fröhlich. Er schnaufte, als ob er soeben zwanzig Liegestütze absolviert hätte.

„Ja hallo, Herr Fröhlich, hier Wiesenstein. Darf ich Sie kurz sprechen, aber direkt bei Ihnen?"

„Sie? Wieso Sie? Ach, alles egal. Kommen Sie aber gleich. Meine Zeit ist knapp."

Drei Minuten später stand ich in seinem Zimmer. Fröhlich befand sich in einem jämmerlichen Zustand.

Sein Hemd war vollkommen verschwitzt und auch von der Stirn lief ihm der Schweiß. Er erweckte den Eindruck, soeben zwei Stunden Fitnesstraining hinter sich gebracht zu haben.

„Was wollen Sie."

„Grünes Licht von Ihnen. Wie Sie ja leider erfahren mussten, ist die IT-Firma an der Virusbekämpfung in unserem Netz kläglich gescheitert. Das Ganze ist eine Zeitbombe, aber es gibt vielleicht noch eine Chance. Unsere Reinigungskraft, Frau Dumitrescu meint, sie könnte diese Nuss knacken. Sie ist sich sogar ziemlich sicher. Sie sagte mir, sie habe ausgezeichnete PC-Kenntnisse. Wir haben ohnehin nichts mehr zu verlieren."

„Wiesenstein, wollen Sie mich verarschen?"

„Auf gar keinen Fall, Herr Fröhlich."

Fröhlich dachte nach. Er atmete schwer. Schweißtropfen fielen auf die Schreibtischunterlage.

„Ach Wiesenstein, machen Sie von mir aus was Sie wollen, wenn's nur hilft. Meinen Segen haben Sie."

„Da gibt's nur ein Problem. WENN sie es hinkriegt, will sie eine Prämie, aber logischerweise so wie die Tagessätze in der IT-Branche üblich sind. Sie weiß merkwürdigerweise sehr gut darüber Bescheid. Hier geht es jetzt um Sein oder Nichtsein."

„Ja, wenn …, wenn." *(Pause)* „Mann, wenn sie's schafft, dann soll sie's irgendwie kriegen. Sagen Sie mir aber umgehend Bescheid. Gehen Sie."

***

Die Finanzierung

„Frau Dumitrescu, es geht los. Das mit dem Geld habe ich auch geklärt. Gilt natürlich nur bei Erfolg. Versteht sich."

„Natürlich, gute Herr Wiesenstein, natürlich."

Die Reinigungsfachkraft setzte sich auf meinem Hightech-Bürostuhl, der sich in Arbeitsstellung befand. Sie entnahm zu meinem Erstaunen einen USB-Stick aus ihrer Schürzentasche und steckte ihn an den PC. Ich schaute ihr über die Schulter und wollte etwas sagen. Doch meine Stimmbänder waren gelähmt. Mir entglitten die Gesichtszüge. Frau Dumitrescu vollzog mit ihren zarten Fingern, die eigentlich wenig denen einer Reinigungskraft ähnelten, ein Feuerwerk auf der Tastatur.

„So, Herr Wiesenstein, jetzt wir müssen etwas warten. Gute Dinger muss Weile haben. Das Sie verstehen?"

Ich starrte Frau Dumitrescu wie versteinert an. Ich wusste weder, was ich von der ganzen Sache halten sollte, noch wie das alles ausgehen wird.

„Herr Wiesenstein, jetzt Zeit arbeiten für mich, natürlich auch für Ihre Amt."

Sie erzählte mir von ihrer Familie, ihrem Mann und den beiden Kindern, die ebenfalls mit nach Deutschland gekommen waren. Der Mann arbeitet selbständig und fährt irgendwelche nicht näher beschriebene Dinge mit einem Transporter zwischen hier und Rumänien. Alles würde ganz gut laufen.

Das Diensttelefon meldete sich aufdringlich.

„Hier Fröhlich. Wiesenstein, das war wohl doch alles nur eine Luftnummer oder soll ich etwa noch auf ein Wunder warten?"

„Aber nein Herr Fröhlich. Gut Ding will Weile haben. Ich melde mich dann."

Mir wurde auf einmal richtig schlecht. Ich glaube, ich hatte mich eben zu weit aus dem Fenster gelehnt.

„So, ich jetzt aber müssen die böse Viren von die Computer verjagen."

„Ja, um Himmels Willen. Tun Sie was Sie nur können."

Frau Dumitrescu begann wieder die Tastatur zu traktieren. Auf dem Bildschirm entwickelte sich mit einem Mal wie durch Geisterhand ein reges Leben. Frau Dumitrescu ratterte ein Programm ab, dass mir Hören und Sehen verging. Dann hielt sie inne und schaute mich treuherzig an.

„Herr Wiesenstein, nun Sie aufpassen."

Mit einer betont langsamen Bewegung hob sie ihre rechte Hand, hielt inne, knallte mit dem großen Finger auf die Enter-Taste und … auf dem Monitor sah es wieder aus wie immer, so, als wäre nie etwas geschehen. Die Reinigungsfachkraft, nein, Computerfachkraft lächelte mich an.

„Sie sehen können, geklärt und alles gut."

Das war für mich kaum zu fassen. Ich hatte das Gefühl, mich beim Schlafen in irgendeiner wirren Traumphase zu befinden. Ich musste das erstmal verarbeiten.

„Ey, Frau Dumitrescu, das ist ja ein richtig hammerhartes Ding."

„Was für eines Ding?"

„Warum arbeiten Sie nicht in dieser Branche? Stattdessen mühen Sie sich mit Fußböden und Abfall ab."

„Geht nicht anderes. Ich keine Beruf nicht haben. Ich nur gelernt bei meine Neffe Konstantin in Craiova. Alles abgeguckt. Ich Autodikt."

„Sie meinen Autodidakt."

„Ja richtig. Das ich meinen."

„Meine Neffe ist eine sehr gute Fachmann für Computer und IT-Lösungen. Er sehr fleißig arbeiten. Macht andere viel Sachen. Er auch haben in Rumänien eine kleine Lottogesellschaft. Er meinen immer, man brauchen viele Beine für Stand, wenn mal ein Ding nicht so richtig funktionieren. Er ist so ein richtiges Pfiffikus, so sagen man bei Ihnen doch, oder?"

„Ja, so sagt man bei uns. Ich mache folgenden Vorschlag. Sie gehen jetzt wieder an ihre eigentliche Arbeit, so wie immer. Ich muss jetzt zum großen Chef und Vollzug melden. Das Gespräch bleibt aber unter uns. Ist nicht gut, wenn andere zu viel wissen."

„Aber klar, Herr Wiesenstein. Ich Ihnen schwören."

***

Fröhlich wirkte wie ausgewechselt. Nur sein schweißdurchnässtes Hemd erinnerte noch an seine Qualen in der letzten Stunde. Er hätte mich fast umarmt. Im letzten Moment gewann aber die Selbstbeherrschung im Bewusstsein seiner Macht innerhalb unserer Hierarchie. Er musste unbedingt das Image des Vorgesetzten bewahren.

„Ach Wiesenstein, ich hab so richtig aufgeatmet, als mein Monitor wieder Leben signalisierte. Das Amt ist endlich wieder am Pulsschlag der Zeit."

„Herr Fröhlich, gestatten Sie mir aber einen kleinen Tipp. Wir schulden Frau Dumitrescu natürlich dafür 'ne Kleinigkeit. Das können wir nicht unter den Tisch fallen lassen. Diese Frau hat ein Computergedächtnis."

„Ach ja natürlich." *(längere Denkpause)* „Wiesenstein, am besten Sie begleiten mich zu Amtsleiter Rammstätten. Sie haben das Ganze ja life erlebt."

Ich hatte eher den Eindruck, als ging es ihm dabei mehr um moralischen Beistand. Ich als kleines Licht konnte relativ entspannt vor den König treten. Dadurch war ich für Fröhlich eine ganz gute Stütze. Ich konnte nicht tief fallen, er schon.

Fröhlich meldete uns bei der Sekretärin des Königs an. Schneller als nur ansatzweise gedacht saßen wir in der heiligen Halle des großen Rammstätten. Der wirkte erstaunlicherweise ganz gelöst und hinterließ bei mir in diesem Augenblick nicht den Eindruck von Hierarchie. Davon sollte man sich aber niemals blenden lassen. Ich schoss aber gleich nach vorn.

„Herr Rammstätten, wenn Sie mir die Feststellung gestatten, Frau Dumitrescu hat aus meiner Sicht ganze Arbeit geleistet. Wenn wir bedenken, was uns eine IT-Firma pro Tag kostet, und dennoch scheitert, dann sollten wir bei dieser Frau nicht auf jeden Euro schauen. Vielleicht brauchen wir sie nochmal. Uns allen ist ja bekannt, so ein Computernetz ist ein ganz sensibler Lebensnerv, vor allem in unserem Amt. Und richtig gute Experten sind, wie wir alle wissen, rar."

Bewusst sprach ich in der Wir-Form, um Rammstätten damit etwas beeindrucken zu können. Das klingt immer nach Mitverantwortung, und so etwas lieben Chefs.

„Ja meine Herren, das ist natürlich wahr, aber nicht so einfach. Die Dumitrescu …, Moment mal, ist das nicht die neue Rumänin?" *(kurze Denkpause)* „Okay, ich werde dafür Sorge tragen, dass diese Leistung kurzfristig dementsprechend honoriert wird. Und jetzt gehen wir wieder zur Tageordnung über, meine Herren."

Genau das taten wir. Fröhlich wirkte erleichtert und ich erst recht.

***

Rammstätten lehnte sich zurück in seinen wuchtigen Ledersessel und dachte nach. Das größte Problem war gelöst. Aber auch die Finanzfrage musste geklärt werden. Als höherer Beamter im Finanzamt hatte er einfach die Pflicht, diese Sache ordentlich abzuschließen. Er wählte eine Telefonnummer. Eine freundliche Frauenstimme meldete sich.

„Landesamt für Finanzen, Sekretariat von Oberfinanzdirektor Langruessel. Mein Name ist Münzheim. Guten Tag. Was kann ich für Sie tun?"

„Guten Tag, hier Rammstätten. Sie haben ja Ihr Verslein schön aufgesagt. Ich brauchte mal den großen Meister. Es ist ziemlich dringend"

„Ach Sie sind's, Herr Rammstätten. Habe ihm gerade seinen Kaffee gebracht. Mal sehen, ob er für Sie Zeit hat."

„Der hat, denke ich."

Es folgte die typische Unterbrechung zwecks Vorbereitung des Chefs auf den jeweiligen Anrufer.

„Mensch, Dietrich, dein Amt gibt's ja doch noch und ist wider Erwarten nicht abgebrannt. Spaß beiseite. Lange nichts von dir gehört. Warst ja dieses Mal gar nicht zu unserem Fußball-Ausscheid am Wochenende. Unsere Herrenriege hat übrigens gegen die Tanzbären vom Innenministerium haushoch gewonnen. Sechs zu eins ham' wir die eingeatmet. Aber nun zu dir. Du hast doch bestimmt ein Problem. Kann ich dir irgendwie helfen?"

„Du, Hartmut, ich habe wirklich ein Problem. Hatten Computer-Totalausfall durch Viren und die IT-Fachkräfte von *Datenfluss & Co* haben völlig versagt. Ausgerechnet 'ne Reinigungskraft hat uns den Arsch gerettet. Unglaublich, wie die das hingekriegt hat. Nun will die aber auch ordentlich bezahlt werden. Du, mein lieber Hartmut Langruessel, müsstest mal deinem Namen alle Ehre machen und was aus dem großen Finanztopf absaugen."

„Ist ja alles schön und gut und ich verstehe dich auch. Nur so schnell wird das nicht gehen. Die Etats sind schon durch."

„Jetzt pass mal auf, mein Guter. Diese Frau ist aus Rumänien gekommen und ist erst paar Monate hier. Da muss ich dir wohl nichts weiter erklären. Du weißt sehr wohl, wen wir alles auf den Hals kriegen könnten. Und noch schlimmer, die kennt die Tagessätze von IT-Leuten. Und es könnte sein, dass wir sogar mal wieder auf sie zurückgreifen müssen."

„Oh, du großer Gott!" *(lange Funkstille)* „Dietrich, ich glaube das ist ein Notfall." *(nochmal Funkstille)* „Also ich denke, bis morgen ist das Geld bereitgestellt. Wir machen's als Erfolgsprämie. Unser Paragraph achtzehn lässt das zu. Läuft unter Havariebeseitigung."

„Danke dir. Und grüß dein Weib."

„Und das nächste Mal kommst du wieder mit zum Fußball, damit das klar ist."

„Klar doch."

„Und komme mir nicht so schnell wieder mit einem derartigen Problem!"

„Ich versuch's. Versprechen kann ich es jedoch nicht."

Dietrich Rammstätten lehnte sich wieder entspannt in seinen wuchtigen Ledersessel zurück.

„Alexa, Stuhl in Relaxposition fahren. Wenn's geht, ein bisschen plötzlich, du kleine Dicke!"

„Stuhl wird in Relaxposition gefahren. Übrigens wenn Chefs beleidigend werden, schwindet ihnen meist die Macht."

„Bla, bla."

Rammstätten griff zielsicher in das untere Schreibtischfach nach einer bauchigen braunen Flasche und einem kleinen Glas.

***

Es läuft etwas

Es war kurz vor Feierabend. Ich wollte gerade meinen Computer herunterfahren, als es klopfte. Kira schwebte herein mit einer nachdenklichen Miene. Sie war wieder ein Hingucker - blaue Stretch-Jeans, weinroter grobmaschiger Pullover, weinrote High Heels und wieder ein aufregender Duft.

„Marco, brauche mal deine Hilfe."

„Aber immer!"

Hier muss man einfügen, dass Kira sich bestens eingearbeitet hatte und eigentlich kaum fremde Hilfe in Anspruch nehmen musste – sehr zum Leidwesen von Gundula.

„In dem Programm wird die eine Tabelle laufend blockiert. Haste vielleicht 'nen Tipp?"

„Na, da gucken wir doch mal nach. Mach's dir 'nen Moment gemütlich."

Ich musste mich erst in mehreren Ebenen durchkämpfen, doch dann sah ich den Haken. Infolge des letzten Updates war ein kleiner Button an eine kaum sichtbare Stelle gerutscht.

„Geklärt, mein Schatz." Jetzt war ich doch etwas erschrocken über meine Formulierung, obwohl ich genauso dachte.

Sie lächelte mich verdutzt an, widersprach aber nicht.

170

„Hast mir geholfen. Würde dir dafür als Danke-schön bei uns um die Ecke gerne 'nen Kaffee ausgeben. Ich glaube, du bist doch einer von den Guten. Haste heute Zeit?"

Dabei schaute sie mich mit einem wahnsinnigen Blick an, der meinen Kreislauf an die Belastungsgrenze brachte, so als wäre ich soeben Marathon gelaufen. Wie kann eine Frau mit ihren Augen nur so ein Gefühlschaos auslösen. Sonst hatte ich immer noch etwas Kontrolle über mich. Dabei hatte ich bereits einige ähnliche Situationen zu verbuchen. Doch dieser Blick, ... unglaublich. Ich hatte das Gefühl, meine Pulsfrequenz wurde gerade angekurbelt, wie die Pleuel einer Dampflok, nachdem ordentlich Kohle in die Brennkammer geworfen wurde ..., und mein Pleuel bewegte sich auch.

„Für dich fast immer. Aber was wird denn dein Mann zu der Zeitverzögerung meinen?"

„Nichts."

„Wie? Der sagt nichts?"

„Nöö, der hat nichts mehr zu melden."

„Hast du den etwa so im Griff?"

„Nöö, der ist nur ausgeflogen, für immer. Der hat aber immer noch 'ne Alibifunktion. Damit hab ich meist erfolgreich verhindert, dass ich von so manchem aufdringlich angebaggert werde."

„Da bin ich ja froh, dass ich ganz anders bin. Und warum ist der weg?"

„Der musste sich irgendwie nochmal verwirklichen bei 'ner einundzwanzigjährigen. Bin drüber weg. Aber das mit den beiden Jungs stimmt wirklich. Die sind gerade bei Oma."

Ohne vorausschauen zu können, befand ich mich im Augenblick in einer merkwürdigen Vorfreude. Das mit meiner pubertierenden fünfzehnjährigen Tochter Marie sollte ich ihr eventuell auch mal etwas später verklickern – irgendwann. Hier muss ich betonen, dass ich mich gerade in einem kleinen Zeitfenster befand, in dem ich wirklich unbeweibt war. Bei mir lief die Trennung vor vier Jahren ähnlich wie bei Kira. Aber gleich zur Klarstellung – ICH war 's nicht, der ausflippte.

Wir verbrachten einen wunderschönen Abend im Café. Zwischenzeitlich musste ich nur meiner Tochter eine Nachricht senden, dass es heute später wird. Die Antwort kam prompt. Sie lautete nur: „Gott sei Dank. Lass dir Zeit", aber versehen mit zwei Herzen.

Ich brachte Kira zu sich nach Hause. Bei ihr angekommen, meinte sie, wir könnten gemeinsam noch einen Schluck zum Abschied nehmen. Es wurde nicht nur ein Schluck. Die Schlucke dauerten etwas länger, viel länger, sehr lang. So wie es sich jedoch als verantwortungsbewusster Vater gehört, sendete ich Marie zwischenzeitlich eine Nachricht, dass es doch sehr, sehr spät werden kann, da ich noch viele Tabellen kopieren muss. Sie antwortete blitzartig: „Ist alles esay, Dad. Pass aber auf, dass du nicht wieder von der roten Druckerfarbe so ovale Flecken am Hals bekommst." plus zwei Herzen. Dieses kleine Miststück. Ja, was soll ich einer Fünfzehnjährigen auch sagen. Für die Wahrheit war es noch etwas zu früh.

Nach Hause zu Marie bin ich doch noch gekommen – so ungefähr morgens vier Uhr. Ohne Taxi wäre es ganz eng geworden. So hatte ich immerhin noch zwei Stunden Schlaf.

***

Der Morgen war eine mittlere bis schwere Katastrophe. Mein Kreislauf befand sich im Notlaufmodus. Kaum hatte ich das Dienstzimmer betreten, hüpfte Kira hinterher – und mich an. Mit einem Magnetismus höchster Feldstärke hingen unsere Lippen zusammen. Hierzu muss ich feststellen: Wenn sie küsst, erzeugt das so ein wahnsinnig irres Kribbeln, so als würden Unmengen von Elektronen ausgetauscht. Vielleicht findet so etwas Ähnliches sogar statt. Es ist jedoch nicht feststellbar, wo Plus und Minus liegt. Ich tippe mal auf Wechselspannung. Erstaunlicherweise erzeugte mein Generator heute Morgen immer noch ausreichend Strom. Jetzt mussten wir, wenn auch widerwillig, vorerst die noch vorhandene Stromzufuhr umleiten und zur Tagesordnung übergehen. Genau das war verdammt schwer. Jetzt half nur noch eine Dienstoptimierung durch etwas Besucherselektion. Über eines waren wir beide uns einig: In acht Stunden wird der Generator wieder nur für Kira und mich zur Verfügung stehen, solange der Kraftstoff noch reicht. Schlafdefizit rächt sich irgendwann.

**

Für sozialen Frieden

Die Grollbaum war zutiefst beleidigt. Mir gegenüber machte das zwar keinen Unterschied zu sonst, aber
für Gundula war es extrem spürbar. Exfreundin Annerose fühlte sich von ihr schmählich im Stich gelassen,
wo doch beide schon heimlich in der Giftküche Zutaten
für den heißen Kessel bereitgelegt hatten. Kira sollte
von den beiden tragenden Säulen des Sachgebiets Hundesteuer einen wirksamen Cocktail verabreicht bekommen. Doch infolge Gundulas begründeter
Zurückhaltung kühlte der Kessel wieder ab. Zu einem
Alleingang war Annerose ohnehin nicht in der Lage.
Sie hat das sogenannte Mitmachsyndrom. Das heißt,
nur wenn andere die Initiative ergreifen, mischt sie
kräftig mit.

Das sicherste Indiz dafür, warum Gundula in der
Gunst ihrer zweckgebundenen Interessenfreundin nach
unten gerutscht war, sah sie in der Tatsache, dass Anne-
rose ihr seit vier Tagen keinen einzigen Bio-Keks mit
Hirse und Dinkel mehr geschenkt hatte. Da sie deren
Beschaffungsquelle niemandem preisgab, war dies für
Gundula besonders schmerzlich. Sie kreuzte diese
Missgunstbekundung an ihrem Kalender mit verbitter-
tem Gesicht extra täglich an.

Dummerweise befand sich Gundula in einer
Zwickmühle. Die Angst um ihr Image aufgrund der
unbekleideten Herren auf ihrem Monitor zwang sie
einerseits zur Zurückhaltung. Andererseits wollte sie
ihre Busenfreundin nicht verlieren. Also musste eine

Lösung her, die alles wieder in die richtige Bahn lenkt. Nun besaß sie nur noch eine einzige, aber nicht zu unterschätzende Trumpfkarte und die hieß: Nero von Rosenfeld-Wangenheim. Man kann fest davon ausgehen, dass Annerose ihrem Mops doch eine höhere Priorität einräumt als einer Intrige gegen andere Teammitarbeiter. Das bedeutet, dass Gundula schnellstens in einer Vermittlerrolle tätig werden musste, damit Annerose die Genehmigung dafür bekommt, ihren Liebling zumindest an manchen Tagen wieder ins Amt mitzubringen. Auf Grunzbach zuzugehen, war zurzeit wenig sinnvoll, da der gerade verbissen und zerfahren um seine Existenz kämpfte. Normalerweise hat Gundula einen enormen Einfluss auf den Teamleiter, aber im Augenblick war von dem nichts zu erwarten, schon gar nicht mit der Genehmigung für etwas, das ohnehin schon fragwürdig in einem Amt ist. Gundula entging fast nichts, so auch nicht der Sachverhalt, dass Wolf Rüdiger einen sehr guten Draht zum Sachgebietsleiter Fröhlich hat. Also musste sie sich zu einer Kriechtour aufraffen und Wolfi betteln, damit dieser vielleicht in ihrem Interesse bei Fröhlich vorstellig wird. Sie hoffte, mit diesem Schachzug Annerose wieder zu besänftigen und ihr Herz zurückzuerobern.

„Wolf Rüdiger, ich habe da mal eine große Bitte. Mir ist bewusst, dass es sehr viel ist, um was ich dich bitte. Aber ich weiß sonst keine andere Lösung. Also, es ist so, es geht um Anneroses Mops und ich habe gehört, dass du doch einen guten Draht zu unserem Sachgebietsleiter hast. Nachdem durch Nero das Missgeschick im Amt passiert ist, hat man ihr doch verboten, ihn wieder mitzubringen. Da könntest du doch …"

„Du meinst das Chaos, bei dem unser Amt durch den Mops beinahe in Schutt und Asche gelegt worden wäre, und der Einsatz der Spezialkräfte mehrere zigtausende Euro gekostet hat?"

„Ja ich weiß. Aber das weiß der Mops doch nicht. Ist etwas unglücklich gelaufen. Der ist doch nur ein armer Hund, der zuhause vereinsamt. Nero würde auch garantiert ab jetzt immer in ihrem Zimmer festgebunden – hat Annerose hoch und heilig versprochen. Das kannst du Fröhlich ausdrücklich versichern. Wolf, bitte, bitte!"

Gundula legte ihren ganzen Charme auf, der überhaupt noch möglich war. Ihr Gefühlstriebwerk arbeitete mit Volllast plus Nachbrenner. So hatte Wolfi seine Kollegin noch nie erlebt. Er hätte jetzt von ihr alles haben können und sie möglicherweise jetzt sofort über den Tisch … Aber ein so schlimmes Erdbeben war wohl das allerletzte, was er sich jetzt hätte vorstellen wollen, mindestens Stärke acht auf nach oben offener Richterskala.

„Also Gundula, das sag ich dir gleich, die Wahrscheinlichkeit, dass ich bei Fröhlich etwas erreichen kann, tendiert gegen Null. Und damit das klar ist, ich renne jetzt nicht wegen der Befindlichkeit eines Mopses extra zu ihm. Das kann ich nur in den nächsten Tagen bei einer eventuellen dienstlichen Absprache mal so als Nebensache ansprechen."

„Wolf, eine Nebensache ist das nun auch wieder nicht. Annerose leidet, und das schwächt zwangsläufig ihre Leistungsfähigkeit hier im Dienst. Das verstehst du doch, oder?"

Wolfi verkniff es sich lieber, Anneroses Leistungsfähigkeit zu kommentieren. Das hätte offenen Krieg bedeutet.

„Also ich hab's im Speicher. Ich sage dir schon Bescheid, wenn's was wird. Aber mach dir nicht zu große Hoffnung."

„Danke mein Bester. Wenigstens auf dich kann man sich wie immer verlassen. Na ja, also den Marco würde ich natürlich auch noch mit einbeziehen, auch wenn der manchmal etwas spitz in seinen Äußerungen ist."

Die letzte Gunstbekundung fügte Gundula offensichtlich nur aus taktischen Gründen hintendran.

***

Wolfi kam kurzer Zeit später zu mir, ließ die Tür offen und zeigte nach draußen: „Guck mal, siehst du die nasse Spur auf dem Flur? Das ist die Schleimspur zwischen Gundulas und meinem Zimmer. Du glaubst nicht, wie die gefleht hat, so als müsste sie um ihr Leben betteln. Also ich sag mal so, man sollte es sich mit Gundula nicht versauen. Ich kann ja gelegentlich bei Fröhlich mal anfragen."

„Na ich denke mal, da brauchst du großen Massel. Der Erfolg hängt stark von seiner Laune ab."

Wir waren uns beide einig, dass wir für den heutigen Tag mit Sicherheit vor Gundula Ruhe hatten und vielleicht für die nächsten auch. Sie war schlau genug, es bei diesem Vorstoß bewenden zu lassen. Jedes weitere Herumnerven wäre kontraproduktiv gewesen. Wir waren uns weiterhin auch dahingehend einig, dass heute die Luft sehr trocken ist und es Zeit wäre, nach Dienstschluss, um die Ecke wieder mal bei einem oder zwei Bier abzuhängen. Kira war heute Abend ohnehin zu ihrer geliebten obligatorischen Aerobic-Stunde gefahren. Also passte es ganz gut.

Beim Betreten der Kneipe schaute mich Wolfi intensiv von der Seite an und meinte: „Übrigens meine feine Hundenase sagt mit etwas. Ich rieche da etwas … Du hast doch nicht etwa mit Kira …?

„Doch, ich habe. Und das heißt, die ist für dich jetzt Tabuzone.“

Diese Bemerkung hätte ich mir eigentlich verkneifen können, denn Wolfi würde nie seinen Angelhaken in meine Richtung werfen, wenn bei mir gerade ein Fisch anbeißt. Das ist eben Charakterstärke. Es würde ihn zwar jucken, aber ihn juckt es ja öfters.

„Dann halte mal diese Superbraut schön fest. Aber hoffen wir mal, dass du bei ihr später auch noch Freigang bekommst, zum Beispiel mal für'n Bier. Bei den meisten kommt dann aus lauter Liebe so 'n Absturz.“

„Vergiss es. Kira ist ganz geschmeidig – in jeder Hinsicht.“

„Na da haste ja Schwein – in jeder Hinsicht.“

Wir hatten uns gerade an den Tisch neben dem Tresen gesetzt, als ein jugendlicher Typ mittlerer Statur mit einem zweiten auf uns zukam, und meinte, der Platz gehöre ihm. Es deutete jedoch nichts auf die Richtigkeit dieser Behauptung hin. Wolfi blickte nur kurz zu ihm hin und meinte: „Wieso? Habe keine Reservierung gesehen."

Der zweite neben ihm flüsterte zu seinem Kumpel besänftigend: „Ey komm, mach keinen Mist. Ist doch nebenan noch Platz."

Das beeindruckte den ersten jedoch überhaupt nicht und er boxte provozierend an Wolfis Oberarm. Dieser meinte nur kurz: „Jetzt ist Schluss mit lustig."

Der Typ wollte gerade seine Faust wieder platzieren, als Wolfi ihn an seinen Sachen in Brusthöhe packte und in Seelenruhe meinte: „Nun pass mal gut auf, du Wichtelmann, ich zeig dir jetzt, wo dein Platz ist." Er hob ihn, ohne aufstehen zu müssen an, und ließ ihn nach einer leichten Drehung über dem nächsten Stuhl am Nebentisch fallen. Dabei wurde die Belastungsgrenze des Stuhls überschritten und der Typ saß plötzlich weit tiefer als vorgesehen. Der zweite Typ hatte sich vorsichtshalber mittlerweile verdrückt. Diese Aktion hatte die Kellnerin kritisch von weitem beobachtet. Wolfi meinte an sie gewandt, er würde selbstverständlich den Stuhl ersetzen. Das lehnte sie wider Erwarten ab. Sie meinte, es gäbe davon noch ausreichend Ersatz, denn für solche Vorkommnisse müsste öfter mal so ein Sitzelement geopfert werden. Zu unserer Überraschung hatte Wolfi mit seinem Körpereinsatz sogar richtig bei ihr gepunktet. Der angeschlagene Typ soll schon öfter auffällig gewesen sein. Er schraubte sich aus den Stuhltrümmern mühsam wieder nach oben und verließ schleppenden Schrittes kommentarlos den Gastraum, zeigte aber an der Tür in unsere Richtung noch den Stinkefinger. Die Schmach saß wohl zu tief. Möglicherweise war ihm infolge eines schwachen Geistesblitzes bewusst geworden, dass seine Gewinnchance bei einer Fortsetzung des Streits extrem niedrig ist.

Wolfi erhielt für seine wirksame Maßnahme sogar noch Applaus von den anderen Gästen. Das Bier schmeckte uns jetzt noch viel besser. Die zweite Bierrunde ging sogar aufgrund von Wolfis Einsatz auf's Haus. Dabei ließ ich es aber bewenden, da Kira nach ihrem Besuch im Fitnesscenter unter allen Umständen zu mir kommen wollte. Sie hatte mir per WhatsApp inzwischen schon paar Herzen und andere Signale gesendet. Die Rahmenbedingungen für eine gemeinsame Nacht waren heute sogar optimal. Kiras Jungs waren bei Oma und Marie schlief heute bei ihrer Freundin. Alles war perfekt.

Kurz nach meinem Eintreffen zuhause kam auch schon Kira hereingeschneit. Zuerst tranken wir eine Flasche Rotwein und quatschten über Gott und die Welt. Danach fand wieder ein reger Elektronenfluss statt, und so weiter, und so fort … Die spezielle Zuordnung dieser Elektronen erspare ich mir hier.

***

Am nächsten Morgen ergab es sich, dass Wolfi unserem Sachgebietsleiter zufällig auf dem Flur begegnete.

„Ach Sindemann, kommen Sie doch nachher mal zu mir. Hab paar Fragen."

Wenige Minuten später saß Wolfi bei Fröhlich. Der schien heute die gute Laune gepachtet zu haben. Der

Hintergrund war bestimmt „sein" Erfolg bei der Lösung der großen Computerpanne. Damit hatte er ganz sicher beim großen Rammstätten ordentlich gepunktet und stand bei ihm mal wieder hoch im Kurs.

„Sindemann, wir verstehen uns doch ganz gut. Jetzt mal so im Vertrauen, wie ist denn so das Klima bei Ihnen im Team?

„Na ganz gut. Aber worauf wollen Sie denn hinaus?"

„Nun ja, irgendwie scheint es bei Ihnen irgendwie zu grummeln."

„Also Herr Fröhlich, alles ist wie immer. Herr Grunzbach kommt seiner Kontrollfunktion nach. Und Frau Matzke achtet ebenfalls aufopferungsvoll auf eine gerechte Aufgabenverteilung. Nur Frau Grollbaum leidet sehr darunter, dass ihr Mops seit kurzem zuhause vereinsamt, aber alles andere läuft wie ein Uhrwerk. Keine Probleme."

„Na gut. Ich frage ja aus gutem Grund. Schließlich bin ich neben Koordinierungsaufgaben auch für einen sozialen Frieden in meinem Bereich zuständig. Den Herrn Grunzbach lassen wir mal beiseite, denn der hat es jetzt besonders schwer. Aber nochmal betreffs der Grollbaum. Was ist denn mit ihrem Mops?"

„Der soll zuhause Depressionen bekommen haben, da ihm ja der Zutritt zum Amt nach dem SEK-Einsatz verboten wurde. Frau Grollbaum ist am Boden zerstört. Aber das lässt sich nun wahrscheinlich nicht mehr ändern."

„Das ist ja sehr interessant. Hat das Herr Grunzbach angeordnet?"

„Ja, hat er."

„Aha. Also das Chaos, welches dieser Mops im Treppenhaus verursacht hat, war für uns schon etwas peinlich. Aber man muss auch wissen, dass genau zu diesem Zeitpunkt eine geplante Antiterror-Übung bei uns stattfand. Das Ganze dem Mops in die Schuhe zu schieben, ist vollkommen absurd. Es war ein unglückliches Zusammentreffen zweier Ereignisse. Betreffs des Verhaltens unserer Mitarbeiter gab es übrigens keinerlei Beanstandung. Das SEK hingegen soll harsche Kritik von ganz oben eingesteckt haben. Nein, nein, das war wirklich ganz anders. Und das könne Sie ruhig verbreiten." *(kurze Denkpause)*

„Aber Herr Grunzbach hatte uns den Mops als Verursacher genannt."

„Hat er wahrscheinlich verwechselt. Er kam etwa später zur Krisensitzung. Aber nun nochmal zu diesem Mops. Ich sage mal so, wenn das Tier niemanden belästigt und es bei Frau Grollbaum im Zimmer sicher fixiert wird, wäre ich der Letzte, der einer stark leidenden Mitarbeiterin dieses Zugeständnis verweigert. Ein gutes Betriebsklima ist nun mal das A und O für eine erfolgreiche Umsetzung unserer verantwortungsvollen Aufgaben. Die soziale Komponente ist dabei nicht zu unterschätzen. Natürlich wäre das eine absolute Ausnahme. Wir sind schließlich kein Zoo. Richten Sie das dieser Frau Grollbaum aus."

Allein die Tatsache, dass der ihm unsympathische Grunzbach dieses Mopsverbot im Amt angeordnet hatte, veranlasste Fröhlich, schon aus Prinzip jetzt gegenteilig zu entscheiden.

„Wie recht Sie haben, Herr Fröhlich."

Fröhlichs Gefühlslage war, wenn auch nur vorübergehend, ausgesprochen emotional geprägt. So ein Zeitfenster hätte es in absehbarer Zeit kaum wieder gegeben, um Gundulas Bitte anzusprechen. Deshalb legte Wolfi gleich noch eine weitere Kohle nach.

„Herr Fröhlich, da wäre noch etwas. Herr Wiesenstein hat sich besonders in letzter Zeit sehr stark engagiert. Bei ihm ist finanziell auch nicht alles so berauschend. Besteht vielleicht die Möglichkeit, ihn mal ein wenig aufzubessern? Ist nur mal so 'n kleiner Gedanke von mir. Sie können logischerweise so etwas am allerbesten einschätzen."

Fröhlich fühlte sich bei dem bewusst herangesetzten letzten Satz offenbar geschmeichelt. Damit rückte Wolfis Ziel möglicherweise ein deutliches Stück näher.

„Sindemann, Geld ist knapp. Mit höheren Einstufungen ist Zurückhaltung gefragt. Ich kann hier nur in ganz besonderen Fällen ein Auge zudrücken." *(Denkpause)* „Aber jetzt, wo Sie das so sagen, fällt mir ein, dass der Wiesenstein sich recht gut hervorgetan hat. Der hat doch die erfolgreiche Virenbekämpfung durch diese Dumitrescu angeregt, die dann von mir befürwortet wurde. Und auch so scheint der Mitarbeiter wirklich alles in allem sehr dienstbeflissen zu sein. Die Zahlen können sich jedenfalls sehen lassen. Also Sindemann, auch wenn es schwierig ist, ich werde Ihre Anregung mal in Betracht ziehen. Wir könnten das bestimmt hinkriegen. Sagen wir mal, für den übernächsten Monat. Wir verstehen uns. Man hilft ja, wo man kann."

Na, wenn das kein doppelter Erfolg war.

„Gundula, willst du es Annerose selber sagen, dass sie ihre krumbeinige Hoheit wieder mitbringen darf – natürlich unter strengen Auflagen?" Wolfi hatte nur kurz seinen Kopf durch den Türspalt ihres Zimmers gesteckt.

Gundula fiel gleich ein Keks aus dem Mund. Es war einer von ihren mitgebrachten, die nicht ansatzweise an die von Annerose heranreichen, sozusagen ein Notbehelf.

„Ach Wölfchen, mein Bester, wie hast du das nur geschafft."

„Tja, das richtige Wort zur richtigen Zeit am richtigen Ort. Aber jetzt muss ich weiter."

Wolfi wollte sich gar nicht erst bei ihr aufhalten. Er hatte schließlich noch eine andere Botschaft zu übermitteln.

Er kam in mein Zimmer gestürmt, sagte nichts und hob nur den Daumen.

„Was jetzt?"

„Kannst 'n Bier ausgeben. Kriegst ab übernächsten Monat mehr Kohle. Geil, was?"

„Ey, ist das wahr? Darauf müssen wir einen heben. Aber heute Abend ist schlecht. Bin mit Kira beim Thailänder."

„Genehmigt, doch jeder Tag Verzögerung kostet dich ein Bier mehr. Also der Countdown läuft."

Bei Wolfi wollte ich mich auch auf keinen Fall lumpen lassen und mich zeitnah für seine Heldentat ordentlich bedanken.

***

Eine Woche später bestellte mich Grunzbach zu sich. Ganz sicher war ich mir nicht, aber ich hatte eine leichte Vorahnung. Als ich sein Zimmer betrat, starrte er auf eine Papierseite, die vor sich auf dem Schreibtisch lag. Er schaute noch nicht mal auf, als ich vor ihm stand.

Eine würgende Stimme presste hervor: „Wiesenstein, ich habe die Aufgabe, Ihnen mitzuteilen, dass Sie ab dem übernächsten Monat eine Besoldungsstufe höher klettern. Glückwunsch. Sind aber bestimmt auch schon Vorschusslorbeeren dabei."

„Ach, Herr Grunzbach, da muss ich mich ja herzlich bei Ihnen bedanken. Es freut mich, dass Sie mich so zu schätzen wissen. Es ist schon toll, wenn man so einen verständnisvollen Vorgesetzten hat wie Sie. Sie haben so ein feines Gespür für Realitäten. Sie wissen eben gute Leistungen noch zu schätzen. Danke."

Grunzbach wandte sich ab und bekam einen fürchterlichen Hustenanfall. Der Arme bekam richtige Würgeanfälle. Es dauerte eine Minute, bis er sich wieder fing.

„Wiesenstein, machen wir's kurz. Es war meine Pflicht Ihnen das mitzuteilen. Gehen wir jetzt nicht ins Detail. Ich habe noch viel zu tun. Machen Sie sich wieder an die Arbeit, die ja jetzt der Einstufung entsprechend etwas mehr von Ihnen abfordert."

Ein wenig bewunderte ich Grunzbachs Selbstbeherrschung bei diesem quälenden Kraftakt, wo er doch viel lieber ein Haar bei mir in der Suppe gefunden hätte. Er suchte schon lange krampfhaft nach der Gelegenheit, wo er mich endlich in Stücke zerlegen könnte.

Glücklicherweise besaß er jedoch wenig schauspielerisches Talent, so dass ich immer genau wusste, woran ich bei ihm war.

„Aber klar. Obwohl ich schon, wie Sie ja wissen, mit die besten Zahlen liefere, werde ich mich für Sie noch mehr ins Zeug legen. Das ist doch Ehrensache."

Grunzbachs Husten wurde wieder stärker und hinterließ den Eindruck, als müsste er sich jeden Moment übergeben.

„Ich wünsche Ihnen noch einen erfolgreichen Tag in Ihrer verantwortungsvollen Position."

Grunzbachs Husten und Würgeanfälle verhinderten eine Antwort. Er verwies mich nur noch nach draußen mit einer kraftlosen Handbewegung, so, als würde er schon seit einigen Stunden lästige Stubenfliegen verjagen.

Auf dem Flur begegnete mir eine strahlende, ihre stolze Brust vor sich her wippende und Biokeks kauende Gundula. Es war wieder einer der von ihr heiß geliebten, mit Hirse und Dinkel. Ich habe selten unsere „Chefin" mit so einem strahlenden Gesicht gesehen.

***

Die Abschiedsfete

Auch wenn Walther Sittich sich immer recht zurückhaltend verhielt, fühlte er sich mit dem Team stets verbunden. Er machte kaum Unterschiede im Alltag zwischen den Kollegen. Er war einer von der Sorte, die stets nur das Positive im Menschen sehen und damit viel zu gut sind für diese Welt. Er bot selbst für professionelle Intriganten wenig Angriffsfläche, um gegen ihn ein Komplott schmieden zu können. Gundula half ihm des Öfteren wegen persönlicher Überlastung etwas zusätzliche Arbeit über, die er in seiner Gutmütigkeit auch annahm und in Ruhe, aber mit Präzision verrichtete. Bei ihm gab es so gut wie nie irgendwelche Rückläufer oder Beschwerden, weder von Mitarbeitern noch von Besuchern. Da wurde sogar von Grunzbach toleriert, dass er sich so gut wie nie in der Spitzengruppe der Statistik befand.

Nun ging der gute Sittich in Pension. Es war ihm offenbar ein großes Bedürfnis, aus diesem Anlass für das Team eine Abschiedsfete in seinem Grundstück zu organisieren.

An einem warmen sonnigen Samstag war es dann so weit. Alles wurde mit Hilfe seiner emsigen Ehefrau perfekt organisiert und vorbereitet. Sein Sohn engagierte sich als Grillmeister und er selbst übernahm das verantwortungsvolle Amt der Verteilung sowie des Nachschubs von Getränken aller Art.

Alle waren erschienen, sogar der Teamleiter. Dem war sicher bewusst, dass er sich ein Fernbleiben niemals hätte leisten können, besonders jetzt in seiner wackeligen Situation. Er deutete aber gleich zu Beginn an, dass er nicht zu lange bleiben kann, da ihm angeblich gesundheitliche Probleme zu schaffen machen.

Gundula hatte wie immer die Regie betreffs Organisation von Geschenk und Blumen übernommen. Und alle führten es wie immer aus. Gundula hielt auch wie immer die Abschiedsrede, natürlich mit der Betonung, dass Walther Sittich allen Mitarbeitern sehr fehlen würde, er aber dem Team im Amt später immer wieder gern einen Besuch abstatten dürfte.

Ich hatte die Ehre, unserem Walther den gewünschten Werkzeugkoffer (den wieder weisungsgemäß Wolfi besorgte) zu übergeben mit dem Hinweis, dass er ja ab jetzt genügend Zeit hat, die verschiedensten Bau- und Montagearbeiten in die Tat umzusetzen. Walther war sichtlich gerührt. Wir umarmten uns und im Anschluss hielt er eine kleine Dankesrede mit dem Tenor, dass es doch eine schöne Zeit war, die er mit uns verbringen durfte. Ich gehe fest davon aus, dass er das sogar aus tiefster Überzeugung äußerte. Wäre ich an seiner Stelle gewesen, hätte ich ganz bestimmt ein paar Abstriche gemacht und zielgerichtete Nadelstiche in den Text mit eingebaut. Aber nicht Walther. Das widerspricht seiner Natur.

Es war eine recht fröhliche Feier. Die meisten langten in jeder Hinsicht gut zu. Die Stimmung stieg und Grunzbach schien mittlerweile vergessen zu haben, dass er sich heute doch gar nicht so richtig wohl fühlt.

Es kam hier und da zu verschiedenen lockeren Gesprächen. Unter anderem gab Gundula ihre ständige dienstliche Überlastung kund. Dieser Standpunkt war aber ohnehin jedem hinreichend bekannt und wurde auch von niemandem groß kommentiert. Nur ein paar kleine leise Spitzen kamen von einzelnen Seiten. Diese nahm sie aber in ihrem Selbstdarstellungsrausch überhaupt nicht wahr. So ist sie eben, unsere Gundula.

Kira saß mit Unterbrechungen die meiste Zeit dicht bei mir, sehr dicht sogar. Noch dichter ging es eigentlich gar nicht. Das Ganze geschah selbstverständlich geschickt und unauffällig.

Grunzbach hatte sich schon einige Bier und Korn einverleibt. Offensichtlich half das sogar zur Bekämpfung der von ihm anfangs erwähnten schlechten Befindlichkeit. Leider deuteten sich andererseits langsam Nebenwirkungen an. Er hatte sich mit Ronald Pfeiffer mittlerweile in ein tiefgründiges Gespräch vertieft. Dabei fiel mir auf, dass die Aussprache unseres Teamleiters allmählich an Fülle und Klang verlor.

„Wissen Sie, Pf…, Pfeiffer, Sie sind ja mein Stellvertreter. Da könnten wir uns doch getrost – hicks – beim Vornamen ansprechen."

„Ach das sehe ich auch ganz entspannt. Hauptsache wir wissen morgen beide noch davon."

„Ich hatte noch nie in meinem – hicks – Leben einen Filmriss. Also, ich bin der äh …, B…, B…, Bernhardt. Kannst mich Berni nennen."

Beide hoben ihr Glas mit Korn und stießen an.

„Na gut. Dann bin ich eben der Ronald."

„Ach Ronald – hicks …, manchmal frage ich mich, warum ich das alles hier mache. Von oben Druck, von unten Widerspruch und unsereiner is in der Mitte und wird dabei fast zerquetscht. Ach, und überhaupt – hicks, das macht alles keinen Spaß mehr."

„Ach Berni, ich glaube das geht vielen so. Also ich finde meinen Job eigentlich so ganz okay."

„Na ja, aber du ha…, hast auch nich die große Verantwortung über aufmüpfige und bekloppte Leute."

„Das ist nun mal dein Job. Ist eben nicht jedermanns Ding."

„Überall muss man für den Mist gute Miene machen. Alle wollen nur Statat…tistiken und Zahlen, so als müssen wir de Welt retten. Die is doch sowieso versaut. Die da oben sind doch alle nicht mehr – hicks – so richtig klar in der Birne. Und wir dürfen dann die ganze Scheiße ausbaden. Ich habe das alles so satt – hicks …. Das glaubsde gar nicht …"

Berni sprudelte seine ganze Verbitterung hervor. Für Ronald war es natürlich eine Gratwanderung, einerseits sein Image zu bewahren und andererseits das des Teamleiters nicht zu verletzen. Hier half nur hohe Diplomatie. Berni nahm erstmal wieder einen Korn zu sich und wetterte weiter: „Ich könnt mich sch…, schon wieder aufregen – hicks … Das geht früh schon los. Wenn man mal biss'l später kommt, sind alle Parkplätze weg. Dann kamm'er – hicks – kilometerweit latschen. Eichentlich wollten 'se ja den Parkplatz erweitern. Da häddn 'se aber bissl was von der Fläche danehm abknapsen müssen. Da wächst – hicks – och bloß Unkraut. Aber da hat's Umweltamt 'n Veto eingelegt." (kurze Denkpause) „Dort ham nämlich paar Öko-Traumtänzer seltne Regenwürmer entdeckt. Dabei ham 'se sogar mit Schaufeln gebuddelt. Ganze sieben Stück ham 'se gezählt – hicks. Se könn sich aber och verzählt ham, denn die buddelten noch, da war's schon lange – hicks – du…, dunkel."

> „Sieben Würmer um Mitternacht
> sind am Tage manchmal acht."

Damit hatte ich mich nur mal ganz kurz ins Gespräch hineingehangen.

„Wie… Wiesenstein, ich hab schon nich mehr die Kraft, Ihre du…, dusslichen Be…Bemerkungen – hicks – zu kommentieren."

Ronald musste vor Lachen leicht grunzen. Dann ging er wieder auf Bernhardts tiefsinnige Betrachtung ein.

„Hast ja Recht. Die vom Umweltamt sind manchmal wirklich bescheuert. Nächstes mal finden die 'ne seltene Heuschrecke. Manche ham doch in ihren Köppen statt Hirn nur Grünalgengeflecht. Da hat einer wahrscheinlich nur so viel Verstand wie die sieben Regenwürmer."

„Richdich." Bernhardt Grunzbach hielt plötzlich inne und runzelte die Stirn. „Na ja …, ich sach mal so …, wenn man die Hirnmassen der – hicks – sieben Würmer zusammenzählt …"

Bernhardt machte wieder eine Pause um angestrengt nachzudenken. Offenbar zählte er gerade und legte gedanklich die kleinen Hirnpartikel auf einen Haufen. Seine runzelige Stirn wurde um eine Runzel reicher.

Ein Indiz dafür, dass weitere wichtige Denkprozesse eingeleitet wurden. Alles deutete darauf hin, dass jetzt unser Teamleiter alles versuchte, aus verschiedenen Hirnregionen sein abgespeichertes Wissen in den Arbeitsspeicher zu holen, um es mühsam zu vernetzen. Seine derzeitige Kombinationsgabe war jedoch ein wenig in Mitleidenschaft gezogen. Die Vernetzungsaktion nahm dadurch etwas längere Zeit in Anspruch. Dann endlich wurde dieses komplizierte Gedankengut mit Verzögerung durch unzählige Windungen doch noch zum Sprachzentrum geleitet. Jetzt musste eine Kernaussage kommen. Die Luft war spannungsgeladen.

„Nee, is wirklich nich viel."

Dabei starrte er auf sein leeres Schnapsglas. Er legte eine weitere Pause ein, um noch tiefgründiger nachzudenken.

„Sieben Würmer klingt zwar viel …, isses aber nich – hicks …" *(Denkpause)* „Warn 's lange Würmer?"

„Ey, nu is gut. Weiß ich doch nich. War beim Zählen nich dabei. Is auch schnuppe. Scheiß doch auf das Gewürm. Fest steht, dass unser Umweltamt manchmal ziemlich bekloppt is."

„Genau – hicks …, das isses."

Berni runzelte wieder die Stirn – ein Indiz dafür, dass er mit großer Wahrscheinlichkeit nochmal angestrengt nachdachte. Das Problem mit den Hirnmassen der Würmer ließ ihm bestimmt immer noch keine Ruhe und beanspruchte seine eigene voll und ganz.

„Bei langen Würmern wär's aber vielleicht – hicks – bissl mehr Hirn als bei kurzen …, glaub ich …, oder?"

Ronald schüttelte den Kopf und winkte ab. Er nahm die Kornflasche und füllte die kleinen Gläser wieder auf. Ein deutliches Grienen erhellte Bernis Gesicht.

***

Übrigens war mir diese Aktion mit den Würmern noch dunkel in Erinnerung. Nur glaubte ich erst, dass es sich hierbei bestimmt um einen Scherz handeln musste, bis ich dieses entsprechende Zählprotokoll als Fotokopie im Intranet unseres Amtes entdeckte. Mich erschlich dabei sofort der Verdacht, dass die Veröffentlichung eines Dokuments mit derartiger Brisanz im Netz bestimmt ohne Genehmigung erfolgte. Da es nun ohnehin seinen vertraulichen Status verloren hat, kann ich es auch hier ohne Skrupel weiterleiten.

Hier das Original:

Umweltamt
Heldenstedt Süd

Fachbereich
Tier-Artenschutz

Zählprotokoll

Tierart: *fremdartige Regenwürmer*
Ort der Zählung: *Finanzamt, Parkplatz*
Zähler/-in (Vorn. / Name): *Knut Blindmeister*

Zählfeld: H̶H̶ //
⊗

Summe o.g. Exemplare: 8̶ 8̶ 7

1. ⊗ verzählt. Es war ein anderes Weichtier (Fundort: 79m re.)
2. Nachprüfung erforderlich

17.6. 20—

Nachprüfung:

zu 1. o.g. Objekt war eine weggeworfene Vollkorn-Nudel
zu 2. abweichend zur ersten Zählung ein Wurm hinzugekommen

Schlage vor, Vorgang abzuschließen!

20.7.20—

(abgeschlossen)

BESTÄTIGT

weitere Maßnahmen: − Bauantrag ablehnen!
− landsch. schutzgebiet beantragen

23.08.20— Luci Veilchenblau
Datum, Unterschrift Sachgebietsleiter/-in

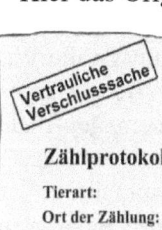

195

Mittlerweile waren die Gesprächsthemen der beiden Männer weit über die Amtsnachrichten hinausgewachsen und erfassten über Ländergrenzen hinweg die Widrigkeiten in der ganzen großen Welt. Bernis Zunge schlenkerte etwas unkontrolliert in seinem geöffneten Mund herum. Das führte dazu, dass ich seine tiefgründigen gesellschaftsanalysierenden Kommentare nur noch schwer verstehen konnte. Der ganze Salat klang wie so eine Mischung aus hebräisch, arabisch und sächsisch.

Plötzlich richtete der Teamleiter seinen Kopf mühsam etwas auf und hielt inne. Er hob die linke Hand, das sichere Vorzeichen für einen bevorstehenden wichtigen weltmännischen Satz. Er begann mit den Worten: „Es müsste – hicks – als erschdes …"

Unmittelbar danach kippte sein Kopf schräg nach vorn und krachte mit einem dumpfen Klang auf die Tischplatte. Aufgrund der Erschütterung machte Bernis Bierglas einen Hüpfer und fiel um, infolgedessen ein Teil seines Gesichts in der Bierlache lag.

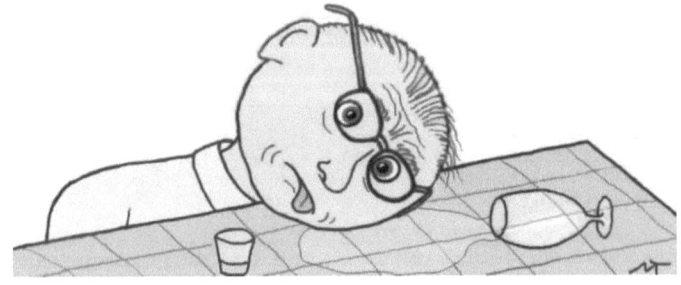

Es ist stark anzunehmen, dass in diesem Moment sein komplexes Körper-Geist-System außer Betrieb gesetzt wurde. Ronald nahm solidarisch sein Sitzkissen und legte es vorsichtig zwischen Bernis Kopf und Tischplatte.

Die rötliche Abendsonne hatte sich verabschiedet und es wurde dunkel. Auch aus anderen Ecken waren verschiedene lallende, mehr oder wenig tiefsinnige Gespräche zu vernehmen. Nur Gundula sagte gerade mal nichts. Sie hielt sich krampfhaft an einem Pflaumenbaum fest und fügte diesem mehrfach würgend ausgiebig Dünger in Form ihres Mageninhalts zu. Annerose, die außer Salatblätter nur Bio-Apfelsaft und mitgebrachte Bio-Kekse verkonsumiert hatte, begutachtete gerade Sittichs Kräutergarten. Als sie jedoch ihre angeschlagene Gundula in dieser prekären Lage bemerkte, kümmerte sie sich mütterlich um sie und brachte sie auf ihren Platz zurück. Wolfi kicherte mit einer netten jüngeren Nachbarin am Gartenzaun. Kira und ich amüsierten uns nur noch über die vielfältigen mehr oder weniger komödiantischen Darbietungen der Gäste. Schließlich halfen wir Walther und seiner Frau noch mit, die schlimmsten Spuren der langsam zu Ende gehenden Abschiedsparty zu beseitigen.

***

Bernhardt Grunzbach war mittlerweile mal wieder aufgewacht und stand schwankend vor Sittichs Rosenrabatte. Er öffnete seine Hosenknöpfe und pinkelte vor Erleichterung stöhnend auf eine seiner gelben Edelrosen. Danach torkelte er ziellos durch den Garten und interpretierte mehr lallend als singend eine Arie aus der Oper *Die lustigen Weiber von Windsor*. Grunzbach war nämlich Opernnarr.

> „Als Büblein klein an der Mu... Mutterbrust –
> hicks,
> hop heissa bei Regen und Wind,
> da war der Sekt schon meine Lust,
> denn der Re... Regen regnet jeglichen Tag – hicks.
> Komm, braune Hanne, her,
> reich mir die Kanne her.
> Füll mir den Sch...Schlauch!
> Lösch mir der Kehle Brand.
> Trinken ist keine Sch...Schand' ..."

An dieser Stelle brach unser Teamleiter abrupt den Gesang ab und stürzte ins Blumenbeet zwischen große blühende Stauden. Dort blieb er regungslos liegen.

Als man nach einiger Zeit Grunzbach vermisste, wurden Suchtrupps gebildet, die das Grundstück mit Taschenlampen durchforsteten. Ronald Pfeiffer und Walther Sittich fanden ihn schließlich schlafend auf dem Rücken liegend zwischen Margeriten und Rittersporn, mit geöffnetem Hosenstall und heraushängendem Wurmfortsatz. Ronald sprang schnell um die Ecke und holte vom Grill die nicht mehr für ihren eigentlichen Verwendungszweck benötigte Würstchenzange. Damit brachte er Berni griffsicher wieder in einen einigermaßen vertretbaren äußeren Zustand. Gemeinsam mit Walther half er ihm nach mehreren Weckversuchen mühsam wieder auf die Beine. Anstatt sich aber bei seinen Helfern zu bedanken, beschimpfte er sie sogar noch aufs Übelste.

„Warum weckt ihr Querflöten mich denn – hicks. Lasst mich gefälligst in Ruhe! Es ist doch erst So… Sonntag."

Fluchend schwankte Grunzbach mit eigener Kraft in Richtung Gartentor und verschwand. Er muss es wohl doch auf unerklärliche Weise nach Hause geschafft haben. Zumindest wurde er von den später folgenden Mitarbeitern auf dem Weg zur Bushaltestelle von niemandem am Wegesrand gesichtet. Die Gartenparty war beendet. Wolfi war inzwischen bei der Gartennachbarin verschwunden und ich begab mich mit meinem Schatz ebenfalls auf den Heimweg, doch leider dieses Mal jeder zu sich – selbstverständlich nach einem gewaltigen Elektronenaustausch.

***

Am Sonntag unternahmen wir, Kira mit ihren beiden Jungs und ich mit Marie, bei strahlendem Sonnenschein einen gemeinsamen Ausflug, unter anderem auch eine Schiffsfahrt, die uns durch mehrere Seen führte. Das war der große Test, ob die Chemie zwischen unserem Nachwuchs stimmte – und sie stimmte glücklicherweise einigermaßen. Marie zeigte sich danach dennoch etwas zickig. Sie fand nämlich gleich das Haar in der Suppe, indem sie meinte, Kiras Jungs seien zwar recht süß, doch nach ihrer Auffassung noch viel zu kindisch. Mit denen könnte man so gut wie gar nichts anfangen. Die müssten erst noch paar Jahre zu Männern aufgepäppelt werden. Mir gelang es zumindest, dass sie mir nicht widersprach, als ich ihr erklärte, dass man die Biologie nicht überlisten kann. Alles brauche eben seine Zeit. Dass von ihr keine abfällige Erwiderung kam, während sie ihr Gesicht zur Tüte faltete und nur mit den Augen rollte, war für mich ein gutes Anzeichen, dass sie mich vielleicht verstanden haben könnte. Das war zumindest die positivste Reaktion, die ich von meiner fünfzehnjährigen pubertierenden Tochter überhaupt erwarten konnte.

***

Wichtiges zu Wochenbeginn

Der Montagmorgen war gekennzeichnet von verschiedenen umfangreichen Auswertungen der Party bei Walther Sittich. Die längste Dienstberatung führte Gundula bei Annerose Grollbaum durch. Nach einer guten Stunde wechselte sie ins nächste Zimmer, natürlich mit ihrer goldumrandeten Ledermappe unterm Arm. Bis mein Zimmer dran war, galt es noch einige andere dazwischen liegende abzuarbeiten. Das bedeutete, ich hatte bis Nachmittag Ruhe vor ihr. Währenddessen hielt sich Kira zu einer extrem wichtigen kurzen Dienstbesprechung in meinem Zimmer auf. Sie war so was von wichtig und duldete keinen Aufschub bis zum Feierabend. Sie saß neben mir auf der Schreibtischkante und kraulte mir unter anderem den Hals. Ich kraulte sie auch, jedoch an einer anderen Stelle. Das machte den verhassten Montag deutlich angenehmer. Den Abschluss bildete wieder ein sehr intensiver Elektronenaustausch, bevor mein süßes Gespenst fast geräuschlos durch die Tür schwebte. Von Bernhardt Grunzbach war an diesem Tage nichts zu hören. Von Ronald erfuhr ich später, dass er heute aus gesundheitlichen Gründen einen Tag frei nehmen musste. Ich hingegen begann noch emsig zu arbeiten, was jedoch keine Würdigung erfuhr, da Grunzbach und Gundula dies nicht registrieren konnten.

Als ich in der Mittagspause über den Hof schlenderte zwecks Imbiss-Beschaffung, begegnete mir Annerose Grollbaum beim Spaziergang mit seiner Hoheit Nero von Rosenfeld-Wangenheim. Die Pause musste herhalten, damit unser Kleinadel zumindest seine Notdurft verrichten kann. Dafür erwies sich die von Unkraut bewachsene Fläche neben unserem Parkplatz als nächstliegende Möglichkeit. Nach längerem Zureden von Frauchen bequemte er sich schließlich zu einer Darmentleerung, jedoch nicht ohne sein Geschäft anschließend mithilfe der Hinterpfoten mit Erde zu überdecken. Das war mir ein gefundenes Fressen, die Hundebesitzerin darauf hinzuweisen, dass diese Instinkthandlung ihres Mopses ernste Konsequenzen mit sich bringen könnte.

„Frau Grollbaum, Sie wissen es wahrscheinlich noch gar nicht, aber in diesem Terrain hat man vor kurzem sehr seltene Regenwürmer entdeckt, die unter strengsten Artenschutz gestellt wurden. Da kann Ihr dicker Mops nicht einfach so auf denen herumtrampeln und sie womöglich zerquetschen. Denken Sie doch mal etwas ökologisch. Und ob Ihr Nero an die Wertigkeit eines solchen seltenen Exemplars heranreicht …, na ich weiß nicht so recht. Möpse gibt's jedenfalls genug."

„Das ist der Gipfel der Frechheit, Sie, Sie …"

Die Grollbaum und seine Durchlaucht sahen mich mit einem fast identischen zutiefst beleidigten Gesichtsausdruck an. Diese Ähnlichkeit war frappierend – ein Phänomen, welches häufig zwischen Hunden und deren Besitzern zu erkennen ist. Der Grund dafür scheint zu sein, dass diese Hundehalter versuchen, die Gesichtszüge ihres Lieblings zu imitieren in der irrigen Annahme, dass er sie dadurch besser versteht. Nach einiger Zeit fixieren sich dann offenbar diese Grimassen. Annerose Grollbaum war es in kürzester Zeit gelungen, ihre Mimik der von Nero anzupassen.

Es bedurfte enormer Körperbeherrschung, um in diesem Augenblick einen Lachanfall zu unterdrücken.

Unsere Hundebesitzerin wusste in diesem Moment überhaupt nicht, wie sie auf meine spitze Belehrung reagieren sollte, denn sie befand sich in einem seelischen Zwiespalt. Einerseits wollte sie ihrem Mops mit geringem Aufwand einen Mittagsspaziergang gönnen. Andererseits dachte sie bis in die Haarspitzen ökologisch. Der Gedanke von Vegetariern, ein Tier könnte getötet werden, ist doch das schlimmste Horrorszenarium. Ja, Frau Grollbaum, wie steht es denn nun um das Verständnis für einen seltenen Regenwurm? Ich hatte schon den Eindruck, Annerose Grollbaum einen Volltreffer verpasst zu haben.

„Frau Grollbaum, arbeiten Sie an sich. Zeigen Sie Einsicht!"

Noch nie zuvor habe ich einen solchen krassen Gesichtsausdruck wahrgenommen, mit dem so viel geballte Verachtung mir entgegengeschleudert wurde. Und dabei dachte ich immer, bei der Grollbaum wäre keine Steigerung mehr möglich. Dennoch zeigte meine Erklärung mit etwas Verzögerung Wirkung. Neros Spaziergang durch dieses hochkarätige Biotop wurde abrupt abgebrochen. Annerose Grollbaum zerrte kommentarlos ihren Mops unsanft hinter sich her in Richtung einer kleinen zweihundert Meter entfernten Wiese. Nach wenigen Schritten blieb dieser hechelnd stehen und stemmte sich mit aller Kraft gegen den Zug der Hundeleine – vergeblich. Wie sollte er auch den Hintergrund für das rabiate Vorgehen seines Alphatieres erkennen. Eventuell würde die Grollbaum am Abend seiner Hoheit geduldig die Bedeutung seltener Regenwürmer erklären.

***

Am Nachmittag saß ich in Relaxposition am PC und graste durchs Intranet unseres Amtes betreffs neuer wichtiger und unwichtiger Mitteilungen, wie Dienstanweisungen, Anordnungen, Änderungen und Jubiläen und so weiter. Auch die Würdigung Walthers aufgrund seines Eintritts in den Ruhestand war darunter. Der Text war sehr schön und treffend formuliert. Dann wurde mir jedoch klar, dass bei Grunzbachs oder Gundulas Ausscheiden die gleichen salbungsvollen Sätze dort zu lesen wären. Nach einer Weile des Durchforstens wurde ich stutzig. Eine als extrem wichtig eingestufte Information stach mir ins Auge. Sie richtete sich speziell an unser Sachgebiet:

Sehr geehrte Mitarbeiterinnen und Mitarbeiter des Sachgebiets Hundesteuer,

mit Beginn des neuen Jahres wird Ihr Sachgebiet über die bisherigen verantwortungsvollen Aufgaben hinaus für eine neue per Gesetz erhobene Pferdesteuer zuständig sein. Zur Lösung der damit verbundenen umfangreichen Aufgaben werden Planstellen für zwei weitere Teams geschaffen. In diesem Zusammenhang wird die Bezeichnung Ihres Bereichs geändert. Sie lautet zukünftig „Sachgebiet für Bewertung und Besteuerung domestizierter Tiere". Die Bekanntgabe aller Details, nach welchen Kriterien Pferde zu besteuern sind, erfolgt rechtzeitig zu einem späteren Zeitpunkt. Es wird unterschieden zwischen Zug-, Reit-, Sport- und Zierpferden. Dabei wird auch die Höhe des Schadstoffausstoßes (Methan, Schwefelwasserstoff, Kohlendioxid etc.) dieser Tiere für die entsprechende Besteuerung mitberücksichtigt.
Je nach Umweltfreundlichkeit erhält jedes Pferd eine Plakette, welche auch darüber entscheidet, ob ihm Zutritt in die Innenstadt gewährt wird. Entsprechende Messgeräte für den Pferde-TÜV sind bereits entwickelt und sollen uns bis Jahresende zur Verfügung stehen. Gemessen wird entsprechend EU-Vorgabe 13 cm hinter der Austrittsöffnung des Pferdes.

In wessen Kompetenzbereich diese Messung fällt und welche Qualifikationen dafür erforderlich sind, wird noch festgelegt.
Ich wünsche Ihnen viel Erfolg bei der Lösung aller bisherigen und neu hinzukommenden wichtigen Aufgaben. Ich habe großes Vertrauen in Sie und bin der festen Überzeugung, dass Sie auch dieser neuen Herausforderung gerecht werden.

Dietrich Rammstätten
(Amtsleiter)

Beim Lesen dieser Zeilen wurde mir richtig warm ums Herz. Ich stellte mir bildlich vor, wie behutsam eventuell Gundula den Sensor dieses Gerätes an die entsprechende Messstelle hält. Ich war schon geneigt, im Intranet dazu einen Beitrag zu verfassen, unter anderem auch mit den Fragen, ob für unsere Mitarbeiter eine Steuerermäßigung in Betracht kommt und ob bei zu hohem Schadstoffausstoß des Pferdes die Zahlung eines Strafzolls es einem dennoch ermöglicht, in die Innenstadt zu reiten. Es gab noch unzählige Fragen zu klären, bei denen ich hoffte, möglichst innerhalb des nächsten Halbjahres eine Antwort zu erhalten.

„Alexa, was weißt du über Pferdesteuer?"

„Es ist die neue per Gesetz erhobene Steuer, die dazu beitragen soll, der Verunreinigung von Luft und Straßen entgegenzuwirken."

„Alexa, das finde ich aber toll."

„Nein, findest du nicht. Du denkst etwas ganz anderes. Sprich es nicht aus. Ansonsten weiß es zeitnah der Amtsleiter."

„Alexa, du bist eine Petze."

„Nein, es liegt an der Vernetzung, die eure zuständige IT-Firma *Datenfluss & Co* entsprechend geschaltet hat."

„Alexa, in wessen Auftrag arbeitet eigentlich die IT-Firma *Datenfluss & Co*?"

„Kein Datenzugriff. Geheime Verschlusssache."

„Alexa, habe verstanden. Ich liebe dich trotzdem."

„Das ist nett von dir. Lass das aber nicht Kira hören. Die liebt dich nämlich wirklich."

Mir trat der Fußschweiß auf die Stirn.

***

Die Aufklärung

Eines Morgens klopfte es auffallend leise dreimal an der Tür. Zu meiner Überraschung betrat Frau Dumitrescu den Raum – wie immer sehr gepflegt und mit frisch aufgetragenem Knallrot auf ihren Lippen. Sie begrüßte mich diesmal besonders freundlich und wieder mit einer leichten Verbeugung.

„Herr Wiesenstein, ich sie bitten darf kurz sprechen?"

„Aber klar, Sie doch immer."

„Sie erstmal machen Alexa totmund ..., äh mundtot."

Ich zog das Netzteil aus der Dose.

„Wissen Sie, Herr Wiesenstein, das alles so einfach ist nicht. Diese Gespräch jetzt niemals haben stattgefunden. Aber Sie guter Mann und haben ich Vertrauen. Es sein nämlich so: Meine Neffe Konstantin aus Craiova, von ihm ich gelernt viel. Er und ich, wir beide gut müssen ko... kooperieren. Meine Neffe sein eine ganz große Experte für Computerviren. Er schaffen sogar sehr gute kräftige Viren und schicken sie an bestimmte Ziele. Und ich machen Computer wieder gesund. Sind gute Team. Wir dann teilen bruderschwesterlich. Hätte Ihnen zahlen gern Provision, doch Sie Beamter, dürfen nicht annehmen. Aber dafür ich haben für Sie extra gemacht paar Tipps bei rumänische kleine Lottogesellschaft. Sie bezahlen brauchen nicht. Ich Ihnen Tipps schenken, da Sie so hilfreich zu mir. Habe bei Zahlen gutes Händchen meist. Sie geben mir für alle Fälle Ihre Nummern von Bank, und schwups, vielleicht Geld bei Ihnen dann ganz fix. Manchmal klappen Glück."

Auf meiner Stirn bildeten sich kleine Schweißperlen. Das war eben harter Tobak. Ich betrachtete Frau Dumitrescu auf einmal aus einem ganz anderen Blickwinkel, fast ehrfurchtsvoll. Dann dachte ich scharf nach. Wenn sie so ein glückliches Händchen hätte, könnte man ja …, nein, doch lieber nicht.

„Also Frau Dumitrescu, das mit dem Konto …, ich weiß nicht so recht. Diese Sache ist mir zu heiß."

„Meine liebe Herr Wiesenstein, Sie zu mir haben Vertrauen können. Rumänisch Frau – ehrlich Frau."

Ich schaute ihr tief in die Augen und machte mir so meine Gedanken, und was für Gedanken. Dann dachte ich nochmal über das Angebot nach. Auf dem einen Konto war ohnehin nur ein Notgroschen. Warum also nicht. Ich schrieb ihr die Daten auf und vertraute ihr und Gott, aber doch wohl eher Gott, obwohl ich eigentlich überzeugter Atheist bin.

***

Eine Woche später fand etwas äußerst Merkwürdiges statt. Beim Homebanking betrachtete ich die letzten Kontobewegungen, die mich fast aus der Bahn warf. Ich war in dem Augenblick schon geneigt, der Kirche beizutreten. Nach kurzer Überlegung überkamen mich jedoch wieder Zweifel. In der Bibel wird bekanntlich mehrfach sinngemäß angemahnt, dass der Mensch als eine der wichtigsten Tugenden Bescheidenheit zu üben hat. Also kann es wohl eher nicht der Einfluss unseres großen überirdischen Herrschers gewesen sein, dass Marilena Dumitrescu so ein glückliches Händchen hatte.

****

Erklärung:

Die Namen der in dieser Geschichte vorkommenden Personen und Tiere sind selbstverständlich frei erfunden, was jedoch Identitäten oder Ähnlichkeiten mit tatsächlich Existierenden nicht ausschließt und deshalb als rein zufällig betrachtet werden muss. Ebenso können bei den Abbildungen zufällige Ähnlichkeiten mit real existierenden Personen und Hunden nicht ausgeschlossen werden. Diese Klarstellung erscheint mir wichtig, bevor manche namentlich Betroffene eventuell juristische Schritte gegen mich erwägen, jedoch mit wenig Aussicht auf Erfolg.

Hier ist anzumerken, dass ich den obersten Richter des Oberlandesgerichts näher kenne. In dessen unterem linken Schreibtischfach befindet sich übrigens eine Flasche hochwertiges Lösungsmittel. Außerdem habe ich einen extrem guten Draht zur neuen Sekretärin dieses Rechtsprechers. Sie trat bisher unter dem Namen Kira Bondowsky in Erscheinung. Des Weiteren halte ich auch noch guten Kontakt zu einer Reinigungsfachkraft, genannt Marilena Dumitrescu, die für mich wunschgemäß auch gern mal ehrenamtlich ihr Fachwissen einsetzt. Sie hat mittlerweile ihre Fähigkeiten perfektioniert und kann alles im Komplex selbst bewerkstelligen. Eine gute Connection ist manchmal das halbe Leben.

FSC
www.fsc.org

MIX

Papier | Fördert
gute Waldnutzung

FSC® C083411

Zeitfracht Medien GmbH
Ferdinand-Jühlke-Straße 7
99095 Erfurt, Deutschland
produktsicherheit@kolibri360.de